# 谁当凌绝顶，杜甫与我


为你读诗
主编

湘人彭二
著

符殊
绘

朱卫东
朗诵



CNS PUBLISHING & MEDIA
湖南文艺出版社
HUNAN LITERATURE AND ART PUBLISHING HOUSE
博集天卷
CS-BOOKY

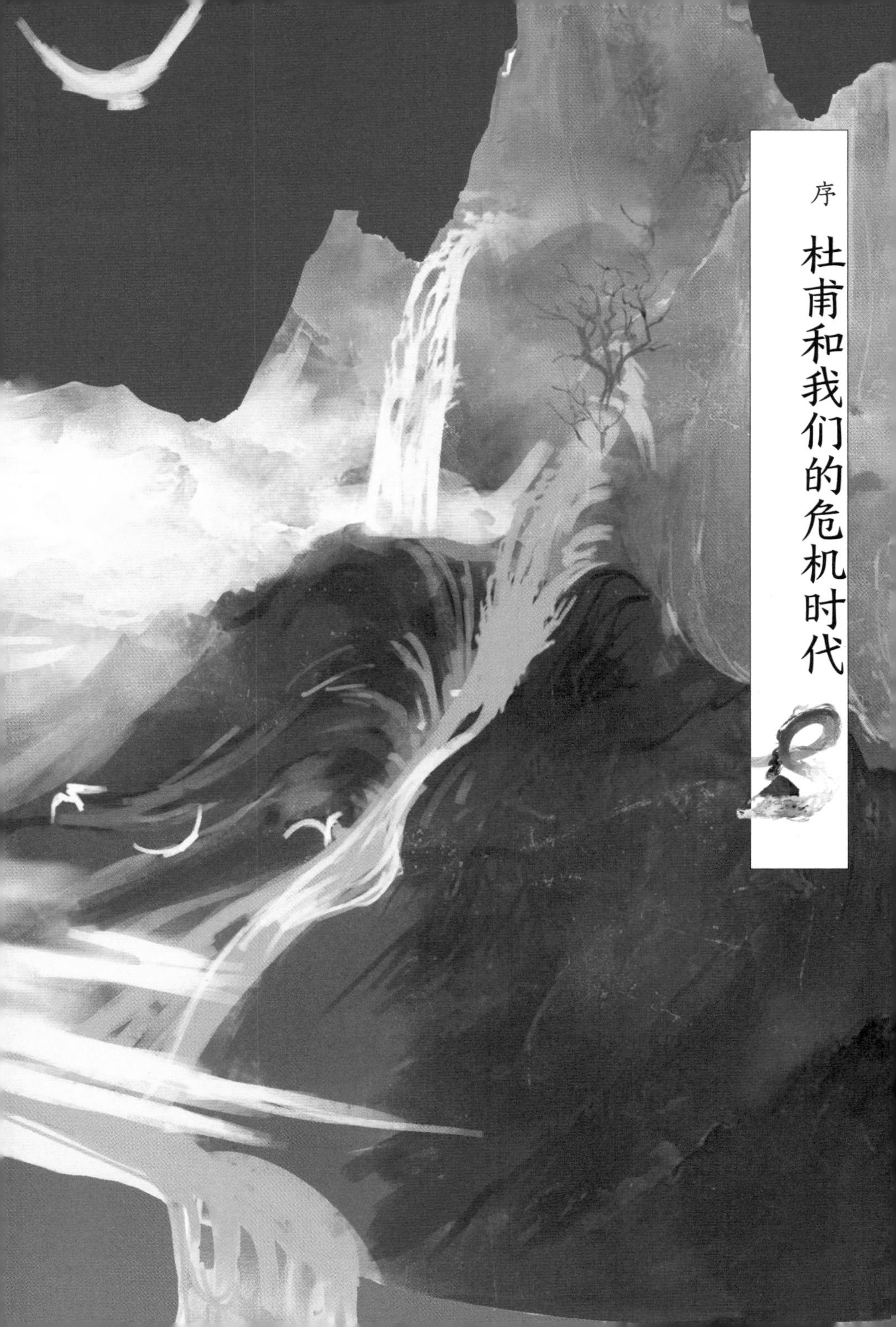

序

# 杜甫和我们的危机时代

公元755年，盛极一时的大唐王朝发生安史之乱[1]。在此之前，大唐所创造的开元盛世[2]，是中国古代众多盛世中最辉煌灿烂的一个，它是中国历史的骄傲。但安史之乱把它葬送了。

这一场突如其来，又蓄谋已久的危机，不仅摧毁了大唐盛世，更令数千万人流离、漂泊、死亡。

有一位诗人，是这场危机的见证者和亲历人。他就是杜甫。

每个人在一生中或多或少都可能遇到危机，或许是人生转折，或许是时代激荡。但不是每个人都能力挽狂澜，在泰山压顶时坦然应对。

对于危机的爆发，杜甫早有预感。在安史之乱前，他从长安出发去奉先探望妻儿，路过骊山。此时的玄宗皇帝正陶醉在华清宫的声色享乐中，把从民间搜刮来的财物肆意赐予。杜甫想起长安街头饥饿的黎民，心头涌出这千古的名句：

朱门酒肉臭，路有冻死骨。

整个大唐满地都是写诗的人，但除了杜甫，似乎没有诗人通过诗歌对安史之乱做出如此密集的回应。也同样是杜甫，正是他在危机时用诗歌来记录时代的真实，使自己达到了“诗圣”的高度。我们逐渐明白，杜甫诗歌中人性的光辉，仍然长存于当代中国，也存在于世界的每一个角落。

杜甫写下了危机之下，那些小人物的难忘的剪影：那个不够征兵年龄，但还是被强行征召的男子；那个打仗还乡后因战事又起，重又被征的军人；那个面对凶残官吏，连夜逾墙逃走的老翁；那个结婚第二天丈夫就要赶赴战场，悲痛得心如刀割的妻子；那个长安陷落后，被抛弃在路边的落难王孙……

# 嵌白玉花卉纹鎏金银饰件

杜甫也写下了自己的辛酸苦辣。他在《茅屋为秋风所破歌》[3]里，写那个被风吹走讨不回来的茅草屋顶；他在《彭衙行》[4]里，写兵荒马乱之际，全家逃难，幼女饿得咬人，他又怕她的哭声惊动虎豹豺狼，必须亲手掩住她的嘴巴；他在《羌村三首》[5]里，写自己千里归来，与家人哭泣团聚，而邻居爬满墙头，陪着他们一起叹息……

“时代中的一粒灰，落在个人那里，可能就是一座山。”在杜甫的诗歌里，我们看到了时代碾压下无数如蝼蚁和灰尘般活着的个人，他们悲痛、挣扎、渴望、期待，如此真实，如此触手可及。

于是，我们通过八章内容，从夜晚、与李白的友谊、家园、幽默感、日常生活、仁爱等八个侧面，体会杜甫敏慧细腻、丰富博大的内心世界。

无穷的远方，无数的人们，都和杜甫有关，都牵动着杜甫的心。杜甫的很多诗歌，都与夜晚有关。夜晚，有逃脱兵役的老翁；夜晚，有四更天辗转难眠看月亮的诗人；夜晚，有和丈夫久别重逢，“相对如梦寐”的妻子；夜晚，还有江上的小船、渔火、萤火虫和各种难忘的风景。

杜甫挖掘了黑夜的更多奥义，不仅是恐惧、痛苦、疯狂和死亡，也有希望、快乐、重聚、团圆、人与人之间的美好情感。因此，第一章带来“长夜：一生中，那些最难忘的夜晚”。

安史之乱，生灵涂炭，无数人遭遇绝境。而杜甫有一个最牵挂的人，那就是李白。杜甫越来越理解李白，担心李白的生死，他写了很多寄托相思的诗句。

安史之乱前，他和李白曾三次相见。学者闻一多说：“我们四千年的历史里，除了孔子见老子（假如他们是见过面的），没有比这两人的会面，更重大，更神圣，更可纪念的。……青天里太阳和月亮走碰了头。”因此，第二章带来“遇见李白：故人入我梦，明我长相忆”。

总是挨饿，总是受冻，总是漂泊，总是走在路上，而当杜甫一家来到成都，这成为他一生中最快乐的时光。成都给了杜甫一个家，抚慰了他受伤的心灵。因此，第三章带来“草堂：我有一所房子，面朝江水，春暖花开”。

说到杜甫，留给人们印象最深的，往往是一个清瘦

唐鞋

黝黑、满脸愁苦、忧国忧民的老人形象。但读杜甫的诗歌，每到悲观绝望之处，总有一种力量催人奋进。

这力量来自杜甫心中的信仰，来自他热爱的孔子、屈原、诸葛亮等英雄人物的感召，来自他脚下站立的大地、不屈不挠的人民、有灵且美的万物，也来自他笔下那些充满生命强力的形象，比如：公孙大娘的剑、“所向无空阔，真堪托死生”[6]的胡马、“何当击凡鸟，毛血洒平芜”[7]的老鹰。因此，第四章带来“病人亦强者：杜甫的力与美”。

杜甫一生愁苦，但人们往往忽视了他还有幽默的一面。他向人借米，率真中不乏风趣，“老人他日爱，正想滑流匙”[8]。他看见春天的花儿覆满江岸，竟想向春天倾诉，“江上被花恼不彻，无处告诉只颠狂”[9]。他穷得叮当响，但还在裤兜里留一文钱，显得很有钱的样子，“囊空恐羞涩，留得一钱看”[10]。

细细体味杜甫的诸多诗文，其间的幽默令人快乐，也令人悲伤，让人不禁想起卓别林的喜剧。最打动人心的幽默，往往是笑中带泪，泪中含笑。因此，第五章带来“幽默：人生是含泪的微笑”。

杜甫的诗歌，同时也是诗史。他用诗歌描述了整个危机的时代，也写下了自己对时代的反思与叩问。他写那些无功受禄的官僚，“攀龙附凤势莫当，天下尽化为侯王”[11]。他写战争的残酷、人民的痛苦、苍天的无眼，“孟冬十郡良家子，血作陈陶泽中水。野旷天清无战声，四万义军同日死”[12]。他甚至指名道姓，批评皇帝的政策，“边庭流血成海水，武皇开边意未已”[13]。

英国作家切斯特顿说：“你若真正爱一样东西，美丽是你爱它的原因，糟糕是你更爱它的原因。”对杜甫来说，他对国家乐观和悲观的看法，全都是热爱大唐、热爱国家的理由。因此，第六章带来“‘负能量’：如何正确地爱国”。

在很多唐朝诗人那里，我们知道他们爱喝酒，爱吹牛，爱幻想，爱旅行，爱交友，但他们究竟是如何生活的，我们不知道。而杜甫，对日常生活有着巨细无遗的记录。我们清清楚楚地认识他这个人，了解他的日常生活。

很多时候，我们理解的诗人是“愤怒出诗人”，“国

# 唐代剪纸

家不幸诗家幸”。但其实在最艰难的时刻，当危机要摧毁普通人的世界时，日常生活的美丽不能，也不应该被任何暴力轻易抹去。越是危机的时代，杜甫越是希望通过对日常诗意的书写，来告诉我们：人为什么要活着，人存在的意义。因此，第七章带来“生活：我所爱的，就是这样的日常”。

在杜甫的诗歌里，我们看到了残酷、苦闷、黑暗、寒冷，也看到了人性的美好和善良。杜甫写《赠卫八处士》[14]，战乱中老朋友团聚，朋友殷勤地冒着夜雨去剪新生的韭菜，煮熟黄米饭来招待杜甫。“十觞亦不醉，感子故意长。明日隔山岳，世事两茫茫。”

杜甫写《月夜》[15]，自己被安禄山的叛军抓到长安，想起妻子一定彻夜难眠，思念丈夫。“香雾云鬟湿，清辉玉臂寒。何时倚虚幌，双照泪痕干？”杜甫写自己刚到成都，因朋友和陌生人的相助而如沐春风。“故人供禄米，邻舍与园蔬。”[16]因此，第八章带来“仁爱：无情时代的有情世界”。

杜甫虽然历经安史之乱，但他对战胜危机充满信心。他写黑夜之后是黎明，“四更山吐月，残夜水明楼”[17]。如今，我们面临新的危机，也许杜甫和他的诗歌能帮助我们找到前行的路。

杜甫已经与世长辞，千年过去，我们真的还会想起他，理解他吗？他对待危机的办法真会对我们今天的生活有所启示吗？杜甫的作品真有生命力吗，还是已经窒息成为只供背诵的、僵死的文字？

杜甫的作品是不会死的。我们相信，一切伟大的人和伟大的作品一样，都是永远存在的。当我们真正理解了他们，他们就会以这样或那样的方式，与我们相见，在我们体内暗流涌动，成为我们身体和心灵的一部分。“千秋万岁名，寂寞身后事。”[18]杜甫不会寂寞，他将与我们同在，与每一个时代同在。

为你读诗

THE POEM FOR YOU

## 欢颜居

1. 安史之乱，是我国唐代天宝十四年（公元 755 年）十一月至广德元年（公元 763 年）正月之间由唐朝将领安禄山与史思明背叛唐朝后发动的夺权内战。它横跨唐玄宗末年至唐代宗初年，历时七年多，严重破坏生产。唐朝统治从此由盛而衰，出现藩镇割据的局面。

2. 开元盛世，又称“开元之治”，是中国历史上对唐玄宗开元（713—741）年间政绩的美称。开元年间，唐玄宗任用姚崇、宋璟、张九龄等为相，改革官制，整顿吏治，形成了政治安定清明的局面。经过唐玄宗的励精图治，唐朝国力达到鼎盛，社会经济空前繁荣，人口大幅度增长。商业十分发达，国内交通四通八达，城市繁华，对外贸易十分活跃，波斯、大食商人纷至沓来，长安、洛阳、广州等大都市各种肤色、不同语言的商贾云集，唐帝国成为亚洲经济文化交流的中心。但危机也已经潜伏。安史之乱后，唐国势由盛转衰。

3.《茅屋为秋风所破歌》是唐代诗人杜甫所作。这首诗创作于唐肃宗乾元三年（公元760年）八月。一天，杜甫草堂为大风所破，又逢大雨倾下，凄惨至极。他由己及彼，联想到战乱中生灵涂炭、百姓流离。全诗及白话译文如下：

茅屋为秋风所破歌

**杜甫**

八月秋高风怒号，卷我屋上三重茅。

茅飞渡江洒江郊，高者挂罥长林梢，下者飘转沉塘坳。

南村群童欺我老无力，忍能对面为盗贼。

公然抱茅入竹去，唇焦口燥呼不得，归来倚杖自叹息。

俄顷风定云墨色，秋天漠漠向昏黑。

布衾多年冷似铁，娇儿恶卧踏里裂。

床头屋漏无干处，雨脚如麻未断绝。

自经丧乱少睡眠，长夜沾湿何由彻？

安得广厦千万间，大庇天下寒士俱欢颜，风雨不动安如山。

呜呼！何时眼前突兀见此屋，吾庐独破受冻死亦足！

八月，秋天很深了，狂风怒吼，把我屋顶上好几层茅草都卷走了。

茅草飞过江面，落下来散在江边。飞得高的茅草，落下来挂在树梢上；飞得低的茅草，飘飘转转，落到池塘和泥坳里。

南边村子里那群小孩欺负我年老没有气力，竟忍心当着我的面当强盗。

他们公然在我面前抱起落在地上的茅草，跑到竹林里去；我嘴唇干燥，喉咙嘶哑，连声音都发不出来，要制止他们也做不到，只好回来拄着拐杖独自叹息。

过了不久，风停了，天上的云转为黑色；秋季的天空一片昏暗。

家里的被子盖了多年，硬邦邦的，冷得像一块铁板。

家里的小孩睡相不好，不停乱动，把被子都踢破了。

茅屋被吹破，屋顶漏了，床上没有干燥的地方。雨像长了脚，长长的，细细的，像麻线一样，不停止，不断绝。

我经历丧乱以后，就经常睡不好觉了。何况现在漫漫长夜，屋漏了，屋里屋外都被雨浇得湿淋淋的。什么时候才能天亮呢？

怎么才能够出现千万间广厦，庇护天下贫寒的人，让他们展颜欢笑，在风雨中屹立，安稳如山？

呜呼！什么时候我眼前能出现高高耸立的广厦，那时即使我的房子破了，我冻死了，我也心甘情愿。

4.《彭衙行》全诗及白话译文如下：

彭衙行

**杜甫**

忆昔避贼初，北走经险艰。

夜深彭衙道，月照白水山。

尽室久徒步，逢人多厚颜。

参差谷鸟吟，不见游子还。
痴女饥咬我，啼畏虎狼闻。
怀中掩其口，反侧声愈嗔。
小儿强解事，故索苦李餐。
一旬半雷雨，泥泞相牵攀。
既无御雨备，径滑衣又寒。
有时经契阔，竟日数里间。
野果充糇粮，卑枝成屋椽。
早行石上水，暮宿天边烟。
少留周家洼，欲出芦子关。
故人有孙宰，高义薄曾云。
延客已曛黑，张灯启重门。
暖汤濯我足，翦纸招我魂。
从此出妻孥，相视涕阑干。
众雏烂熳睡，唤起沾盘餐。
誓将与夫子，永结为弟昆。
遂空所坐堂，安居奉我欢。
谁肯艰难际，豁达露心肝。
别来岁月周，胡羯仍构患。

何当有翅翎，飞去堕尔前。

回忆躲避贼兵叛乱之初，往北走，经过许多艰险的地方。

夜深了，还逃亡在彭衙的道上，月亮照着白水境内的山。

全家人在山里艰难跋涉，碰到熟人常感到窘迫惭愧。

山谷里鸟发出啼鸣，一路看不见还家的游子。

小女儿饿得咬我，我怕她的哭声被山中的虎狼听到。

于是我捂住她的嘴不让她出声，但孩子哭得更厉害了。

小儿子稍稍比妹妹懂事，所以只要求吃些道旁的苦李。

十天里有五天在下雨，全家在泥泞中相互牵扶着行走。

既没有御雨的工具，道路又湿滑，衣服被雨打湿，感到寒冷。

有时经过特别难走的地方，一整天只能走几里路。

一路上以野果充饥，在树下露宿。

早上在有水的石头上行走，晚上露宿在山中。

在周家洼稍稍停留，又想着从芦子关出关去。

我这个老朋友孙宰啊，真是义薄云天。

把我全家迎进门的时候，天已昏黑，他点起灯来打开重重门户。

烧好热水让我们洗脚，剪纸招魂，为我们压惊。

接着他又唤出妻子儿女，大家彼此看着，涕泪纵横。

孩子们都十分香甜地睡了，又把他们叫起来吃晚餐。

孙宰说，一定要和我永远结为兄弟。

他把堂屋腾空了，安顿我一家在此安居。

谁肯在这艰难困苦之际，如此豁达地表露这样诚挚的情意啊。

自我与孙宰分别以来，已经满一年了，叛军还在继续制造灾祸。

怎么才能拥有一双翅膀，飞去落到你的面前？

5.《羌村三首》全诗及白话译文如下：

## 羌村三首

**杜甫**

峥嵘赤云西，日脚下平地。
柴门鸟雀噪，归客千里至。
妻孥怪我在，惊定还拭泪。
世乱遭飘荡，生还偶然遂！
邻人满墙头，感叹亦歔欷。
夜阑更秉烛，相对如梦寐。

晚岁迫偷生，还家少欢趣。
娇儿不离膝，畏我复却去。
忆昔好追凉，故绕池边树。
萧萧北风劲，抚事煎百虑。
赖知禾黍收，已觉糟床注。
如今足斟酌，且用慰迟暮。

群鸡正乱叫，客至鸡斗争。
驱鸡上树木，始闻叩柴荆。
父老四五人，问我久远行。

手中各有携，倾榼浊复清。

苦辞酒味薄，黍地无人耕。

兵革既未息，儿童尽东征。

请为父老歌，艰难愧深情。

歌罢仰天叹，四座泪纵横。

西天布满重峦叠嶂似的红云，夕阳斜照在地面上。

柴门鸟雀鸣叫，游子从千里之外走回来。

妻子和儿女没想到我还活着，又惊讶，又怀疑。惊魂安定后，悲喜交集，擦拭着眼泪。

世道是如此混乱，我现在竟然得以生还，这是多么偶然。

来看热闹的邻居爬满墙头，也跟着又是感叹，又是唏嘘。

夜深人静之后，我和妻子才得以在烛光下相对而坐，四目相望。回想过去，这样的重逢好像一场梦啊。

老了，奉诏回家来，感觉自己是在苟且偷生。回到家里，终日郁郁寡欢。

爱子不离开我，害怕我回家没有几天就又要走了。

追忆去年六七月间纳凉，常常绕着池边的树走来走去。

今日强劲的北风萧萧吹来，顾念家事、国事，我忧心忡忡。

幸亏粮食收完了，新酒虽然还没有酿出，但已感到醇香的美酒正从糟床汩汩流出。

如今这些酒已足够喝了，姑且用它来宽慰一下自己的迟暮之年吧。

成群的鸡正在乱叫，客人来时，鸡继续在争斗。

把鸡赶回树上去，这才听到客人的敲门声。

原来，家乡父老四五人来慰问我这个由远地归来的人。

他们各自携酒而来，将酒器里的酒都倒出来，酒有的清，有的浊。

他们还再三向我陈说，不要嫌酒味太薄，因为田地没有人去耕耘了。

战争仍没有停息，年轻人全都东征去了。

请让我为父老乡亲作歌答谢，在艰难的日子里，我愧对你们的深情。

歌罢，我仰天长叹，在座的人也都热泪纵横。

6.“所向无空阔，真堪托死生”出自《房兵曹胡马》。全诗及白话译文如下：

房兵曹胡马

**杜甫**

胡马大宛名，锋棱瘦骨成。

竹批双耳峻，风入四蹄轻。

所向无空阔，真堪托死生。

骁腾有如此，万里可横行。

房兵曹这匹胡马是著名的大宛马，骨骼强劲，好像刀锋，清俊潇洒。

它双耳尖峭，好像斜削而成的竹筒，尖利灵动。跑起来四蹄轻快，蹄下生风。

所向之地，没有疆域的限制，广阔的天地任它驰骋。

它一往无前，真可以把生命相托付。

拥有如此骁勇、善于奔腾的良马，自然可以日行万里，纵横天下。

7.“何当击凡鸟，毛血洒平芜”出自《画鹰》。全诗及白话译文如下：

画鹰

**杜甫**

素练风霜起，苍鹰画作殊。

㩳身思狡兔，侧目似愁胡。

绦镟光堪擿，轩楹势可呼。

何当击凡鸟，毛血洒平芜。

作画用的白绢上，仿佛卷起一股风霜之气，这幅苍鹰的画作真是精妙绝伦。

耸起身子，好像是在搜寻狡兔；斜着眼珠，犹如发愁的胡人。

似乎只要解开系着的丝绳和金属环，画鹰即可展翅

飞翔；悬挂在轩楹之上的画鹰，似乎呼之即可去打猎。

什么时候让它去出击凡鸟，它一定会把凡鸟的毛血洒在平坦的原野上。

8.“老人他日爱，正想滑流匙”出自《佐还山后寄三首（其二）》。全诗及白话译文如下：

佐还山后寄三首（其二）

**杜甫**

白露黄粱熟，分张素有期。

已应舂得细，颇觉寄来迟。

味岂同金菊，香宜配绿葵。

老人他日爱，正想滑流匙。

白露之后，黄米就成熟了。你曾答应我送我一些黄米。

想必你一定特意把米舂得很细，所以送来得迟了些。

黄米饭的味道不该和金菊相配，它的香味最适宜配上绿葵同吃。

我这个老人往日最喜欢的就是它了，正想着让它在我的匙中滑动呢。

9.“江上被花恼不彻，无处告诉只颠狂”出自《江畔独步寻花七绝句（其一）》。全诗及白话译文如下：

江畔独步寻花七绝句（其一）

**杜甫**

江上被花恼不彻，无处告诉只颠狂。

走觅南邻爱酒伴，经旬出饮独空床。

江岸上虽覆满春花，我的烦恼却消除不尽。无处讲述这种心情，只好到处乱走。

来到南面邻家想寻找酷爱饮酒的伙伴，不料他的床铺空空，十天前他就外出饮酒去了。

10.“囊空恐羞涩，留得一钱看”出自《空囊》。全诗及白话译文如下：

空囊

**杜甫**

翠柏苦犹食，明霞高可餐。

世人共鲁莽，吾道属艰难。

不爨井晨冻，无衣床夜寒。

囊空恐羞涩，留得一钱看。

翠柏味很苦，朝霞很高，也都可以当作餐食。

世人不分是非，同流合污，我持节守道，异常艰难。

没有米，不能做饭，井水也冻住了；没有衣服，夜来难以抵挡寒冷。

恐怕囊空难为情，口袋里留着一文钱不花，只看。

11.“攀龙附凤势莫当，天下尽化为侯王”出自《洗兵马》。全诗及白话译文如下：

洗兵马

**杜甫**

中兴诸将收山东，捷书夜报清昼同。

河广传闻一苇过，胡危命在破竹中。
只残邺城不日得，独任朔方无限功。
京师皆骑汗血马，回纥喂肉葡萄宫。
已喜皇威清海岱，常思仙仗过崆峒。
三年笛里关山月，万国兵前草木风。
成王功大心转小，郭相谋深古来少。
司徒清鉴悬明镜，尚书气与秋天杳。
二三豪俊为时出，整顿乾坤济时了。
东走无复忆鲈鱼，南飞觉有安巢鸟。
青春复随冠冕入，紫禁正耐烟花绕。
鹤驾通宵凤辇备，鸡鸣问寝龙楼晓。
攀龙附凤势莫当，天下尽化为侯王。
汝等岂知蒙帝力，时来不得夸身强。
关中既留萧丞相，幕下复用张子房。
张公一生江海客，身长九尺须眉苍。
征起适遇风云会，扶颠始知筹策良。
青袍白马更何有，后汉今周喜再昌。
寸地尺天皆入贡，奇祥异瑞争来送。
不知何国致白环，复道诸山得银瓮。

隐士休歌紫芝曲，词人解撰河清颂。

田家望望惜雨干，布谷处处催春种。

淇上健儿归莫懒，城南思妇愁多梦。

安得壮士挽天河，净洗甲兵长不用。

中兴将领收复了华山以东，胜利的捷报向朝廷传送，昼夜频传。

黄河虽然宽阔，听说一苇便可渡过；胡人的覆灭已成破竹之势。

只剩下一座邺城，很快就可以光复，相信朔方军会建立无限功勋。

胜利后，京城长安的官员也都有胡马可以骑了，回纥的将士们也都在葡萄宫里大吃大喝。

很高兴的是，皇威扫清海岱，河北快要全部光复了；常想起御驾经过甘肃崆峒，要居安思危啊。

三年来，战士们横笛吹奏《关山月》；人心惶惶，人民饱受战乱之苦。

成王李俶功劳大了，反而更加小心；中书令郭子仪深谋远虑，古来少有。

司徒李光弼洞察秋毫，仿佛明镜高悬；尚书王思礼气概和秋天一样高远。

这几位豪俊都为时而出，把整顿乾坤、救济时世的大事办了。

往东走，不再为了想鲈鱼而避祸；往南飞，看到有安居巢中的禽鸟。

春天随着百官进入京城，紫禁城正被适宜的春色点缀和环绕。

太子深夜坐车来到皇宫，跟随肃宗早已备好的凤辇，一起在拂晓鸡叫前到龙楼向太上皇问候请安。

攀龙附凤的小人，气势无人能比；满朝官员，全部被封为侯王。

你们难道不知是依仗皇帝的力量？你们不过是走运，时来运转，因人成事，不该自夸有什么功劳。

当年，刘邦为振兴汉室，关中留下萧何做丞相，幕下又起用了张良（张子房）。

张公一生本来志在四海，他身高九尺，须眉苍苍。

应召起用，恰逢风云际会；扶持危局，方知他谋划精良。

“青袍白马”的侯景之乱不也平定了吗？国家像中兴的汉光武帝、周宣王时一样，欣喜再次繁荣昌盛。

普天之下，都是进贡的人，各地的官吏都争献奇异的祥瑞之物。

不知哪个国家献来白环玉玦，又说有人在山里得到银瓮宝瓶。

隐士们不用再隐居避乱，唱《紫芝曲》；文士们都在献颂词，撰写《河清颂》。

农民却苦得要死，急切盼望着雨水，田里不要干旱；布谷鸟处处鸣叫，催促着春种。

淇上的健儿赶快归来吧，不要偷懒；城南的思妇——那些健儿的妻子——忧愁而多梦。

哪里能得到壮士引来天河水，洗干净将士的兵器，把它们收起来，永远不再使用。

12.“孟冬十郡良家子，血作陈陶泽中水。野旷天清无战声，四万义军同日死”出自《悲陈陶》。全诗及白话译文如下：

悲陈陶

**杜甫**

孟冬十郡良家子，血作陈陶泽中水。

野旷天清无战声，四万义军同日死。

群胡归来血洗箭，仍唱胡歌饮都市。

都人回面向北啼，日夜更望官军至。

初冬十月，十郡士兵的鲜血都化作陈陶泽里的水。

在苍天之下，在旷野之上，战斗的声音停息，布满了四万义军的尸体。

那些胡寇归来时，箭上都沾满了血，就像用血洗过一样，他们还唱着胡歌，狂歌痛饮在长安的街市。

长安的百姓转头向北方啼哭，日夜盼望着自己的官军早日到来。

13.“边庭流血成海水，武皇开边意未已”出自《兵车行》。全诗及白话译文如下：

## 兵车行

**杜甫**

车辚辚，马萧萧，行人弓箭各在腰。

耶娘妻子走相送，尘埃不见咸阳桥。

牵衣顿足拦道哭，哭声直上干云霄。

道旁过者问行人，行人但云点行频。

或从十五北防河，便至四十西营田。

去时里正与裹头，归来头白还戍边。

边庭流血成海水，武皇开边意未已。

君不闻汉家山东二百州，千村万落生荆杞。

纵有健妇把锄犁，禾生陇亩无东西。

况复秦兵耐苦战，被驱不异犬与鸡。

长者虽有问，役夫敢申恨？

且如今年冬，未休关西卒。

县官急索租，租税从何出？

信知生男恶，反是生女好。

生女犹得嫁比邻，生男埋没随百草。

君不见，青海头，古来白骨无人收。

新鬼烦冤旧鬼哭，天阴雨湿声啾啾！

车轮滚滚，战马嘶鸣，出征的人全副武装，弓箭挂在每个人的腰间。

爷娘妻子跑来为他们送行，尘埃漫天，连咸阳桥都看不见了。

他们拉着要出征的亲人的衣服，跺着脚，拦着路痛哭。凄惨的哭声大得好像要冲上九天云霄。

过路的人站在旁边询问原因，回答说官府征兵实在太频繁。

有人十五岁就到北方黄河边去驻防，到了四十岁又被征召到西边去营田。

走时年纪小，里正给他裹头，归来时头发已斑白，却还要去戍边。

边界上，战士们流的血已经像海水一样泛滥，而我们的国君，开疆拓土的野心还没有停止。

你没听说吗？就在长安之外，在华山东边二百多个州，好多村落野草丛生，田地荒芜。

即使有健壮的妇人来耕种土地，田里的庄稼也是东倒西歪，不成畦垄。

何况关中的士兵很会打仗，吃苦耐劳，被驱使去打

仗就跟驱赶一群狗、一群鸡一样，没有什么不同。

长者啊，虽然你对我有所询问，但我这个征夫怎敢向你申诉我内心的怨恨呢？

姑且举一个例子，今年冬天，被征召的百姓仍在前线打仗，没有休息。

可是，县官还在紧催租税，这租税又从哪里来呢？

百姓于是相信，生儿不如生女好。

生女，还能嫁给近邻；生儿，长大了就被征调到前线打仗，战死了就埋没在乱草之中。

你没看见吗？在那青海边，自古以来，白骨遍野无人去收拾。

不管是新鬼，还是旧鬼，都会烦恼、冤屈，痛哭不已，尤其在天阴雨湿的时候，能听到它们“啾啾”哭泣的声音。

14.《赠卫八处士》全诗及白话译文如下：

赠卫八处士

**杜甫**

人生不相见，动如参与商。

今夕复何夕，共此灯烛光。

少壮能几时，鬓发各已苍。

访旧半为鬼，惊呼热中肠。

焉知二十载，重上君子堂。

昔别君未婚，儿女忽成行。

怡然敬父执，问我来何方。

问答乃未已，驱儿罗酒浆。

夜雨剪春韭，新炊间黄粱。

主称会面难，一举累十觞。

十觞亦不醉，感子故意长。

明日隔山岳，世事两茫茫。

人生不能够相见，就好像天上永远不会同时出现的参商二星。

今天又是什么日子呢，竟然有机会与你灯下相对，一叙旧情。

青春强壮的日子能有多少，不知不觉间你我都已鬓发苍苍。

打听故旧亲友，已经死去一半了，使人惊呼，以至

于心中感到火辣辣的难受。

没有想到我们已经阔别二十年，如今我还能再次到你的家中拜访。

还记得当年分别时你尚未成亲，今日前来见你，转眼间你已经儿女成群。

儿女们怡然恭敬地接待他们父亲的挚友，热情地问我从什么地方而来。

简短的寒暄问候还未等说完，你就让儿女们去摆酒席。

他们冒着夜雨割来肥嫩的韭菜，饭是刚煮好的、香喷喷的黄米饭。

你说我们见一次面不容易啊，于是端起酒杯就与我连喝了十杯。

喝了十杯酒，我也不醉，我感受到老朋友情谊的深长。

明天就要分手了，我们将再次被山岳阻隔，从此你我前路两茫茫。

15.《月夜》全诗及白话译文如下：

月夜

**杜甫**

今夜鄜州月，闺中只独看。

遥怜小儿女，未解忆长安。

香雾云鬟湿，清辉玉臂寒。

何时倚虚幌，双照泪痕干？

今夜鄜州上空那轮月亮，只有在闺房中的你独自遥看。

可怜那幼小的儿女，还不懂得你思念长安的心绪。

你芳香的乌云般的发髻已被雾气打湿，你洁白的双臂被月光照着感受到了寒意。

我们何时能并肩坐在透亮的薄帷下一同看月，让月光照干你我的泪痕？

16.“故人供禄米，邻舍与园蔬。”出自《酬高使君相赠》。全诗及白话译文如下：

酬高使君相赠

**杜甫**

古寺僧牢落，空房客寓居。

故人供禄米，邻舍与园蔬。

双树容听法，三车肯载书。

草玄吾岂敢，赋或似相如。

荒芜的古寺里，连僧人都很寂寥。我作为一个客人，暂时寄居在这里。

老朋友给我送来米，邻居给我送来蔬菜。

高僧允许我在双树下听讲佛法，又答应我用三车运载诗书。

我怎能像扬雄那样写出高深的《太玄》？但写诗作赋，或许还能和司马相如比拼一下。

17.“四更山吐月，残夜水明楼”出自《月》。全诗及白话译文如下：

月

**杜甫**

四更山吐月，残夜水明楼。

尘匣元开镜，风帘自上钩。

兔应疑鹤发，蟾亦恋貂裘。

斟酌姮娥寡，天寒奈九秋。

四更天的时候，月亮从山间出来了。残夜将尽，月光照水，水光使楼台变得明亮。

月亮好像尘匣里露出的一面明镜，好像将风帘挂起的弯钩。

月光使玉兔疑惑自己长了白发，连蟾蜍也觉得寒冷，思念起貂裘的温暖。

我想广寒宫里的嫦娥也感到寂寞吧，天气寒冷，她怎样才能度过漫长的秋季。

18.“千秋万岁名，寂寞身后事。”出自《梦李白二首（其二）》。全诗及白话译文如下：

梦李白二首（其二）

**杜甫**

浮云终日行，游子久不至。

三夜频梦君，情亲见君意。

告归常局促，苦道来不易。

江湖多风波，舟楫恐失坠。

出门搔白首，若负平生志。

冠盖满京华，斯人独憔悴。

孰云网恢恢？将老身反累。

千秋万岁名，寂寞身后事。

云朵整日在天空中飞来飘去，远方的游子久久不至。

一连三个夜晚我都梦见你，情深意切可以看出你对我的情意。

每次梦里，你要告辞离开时都很匆促，还总说来一趟真不容易。

你说，江湖风波很大，险象环生，容易翻船，葬身水里。

出门时你总是搔着满头白发，好像辜负了平生的雄心壮志。

在京都长安，那么多人官做得很大，生活过得很好；但只有你形容憔悴，受到冷遇。

谁说天道广大，无所不包，你已经快老了，反而遭放逐而受累。

纵使你身后有千秋万代不朽的声名，那也是寂寞身亡后的故事了。

# 目录

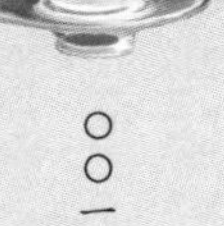

为你读诗

THE POEM FOR YOU

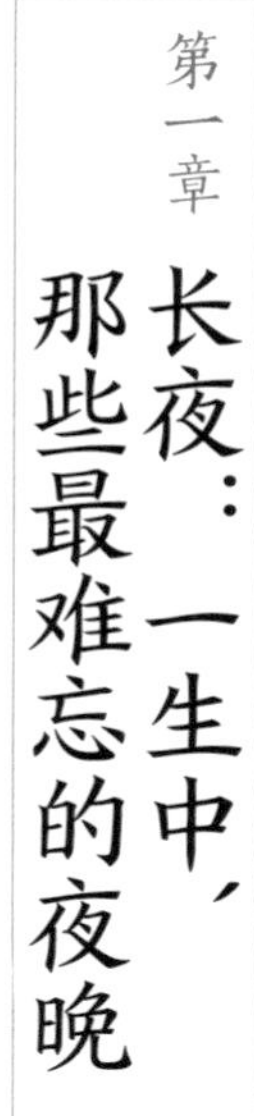

第一章

# 长夜：一生中，那些最难忘的夜晚

从某种程度上说，杜甫是夜晚的诗人。他写了很多和夜晚有关的诗歌。

在被安禄山的叛军抓到长安后，杜甫除了为国家焦虑，也思念家人。一天夜里，他想起妻儿，忍不住吟道：

今夜鄜州月，闺中只独看。
遥怜小儿女，未解忆长安。
香雾云鬟湿，清辉玉臂寒。
何时倚虚幌，双照泪痕干？

杜甫不仅想念妻儿，也想念弟弟。他逃难到秦州，在白露明月之夜，戍守边关的城楼上响起更鼓，有大雁啼叫着从天空飞过。

杜甫想起失散的几个弟弟，不知道他们在哪里，而自己寄的书信也不知道能否到达他们手里。杜甫悲从中来，写道：

戍鼓断人行，边秋一雁声。
露从今夜白，月是故乡明。
有弟皆分散，无家问死生。
寄书长不达，况乃未休兵。[1]

在夜里，杜甫不仅想念家人，也想念更远的人们。无穷的远方，无数的人们，都和杜甫有关，都牵动着杜甫的心。

“安史之乱”尚未结束，杜甫又逃难到成都，在浣花溪畔建了一所简陋的草堂，这就是他暂时的家。他终于不用再到处漂泊了，这让杜甫感到安慰。

一天，风很大，草堂的茅草屋顶被风吹走。到了晚上，屋漏偏逢连夜雨，床被淋得湿透，家中没有干的地方，

# 玻璃茶盏及茶托

雨又下得像麻线一样没有断过。旧被子用了多年，早已冷得像铁一样。这一夜怎么熬过呢?

“自经丧乱少睡眠，长夜沾湿何由彻？”

杜甫彻夜听雨，想起自己经丧乱以来度过的那些不眠之夜。即使在成都这样的“天府之国”，他也不能过上免于饥寒的正常生活，那普天之下比自己更加困苦的人们又将如何呢?

在这“秋风秋雨愁煞人”的深夜，杜甫喊出了胸中的肺腑之言：

*安得广厦千万间，大庇天下寒士俱欢颜，风雨不动安如山。*

*呜呼！何时眼前突兀见此屋，吾庐独破受冻死亦足！*

杜甫祈愿，如果全天下人都能幸福，他愿意牺牲自己。他并不责怪风雨，也不痛恨黑夜。他清醒地意识到，比黑夜更黑的，其实是人世的黑暗，这才是惊人的真的大黑暗。

杜甫写自己夜里饮酒，喝得痛快淋漓，想到黑暗的现实，又变得沉痛起来。

清夜沉沉动春酌，灯前细雨檐花落。

但觉高歌有鬼神，焉知饿死填沟壑。[2]

杜甫写那个面对凶残官吏，连夜逾墙逃走的老翁。“夜久语声绝，如闻泣幽咽。天明登前途，独与老翁别。”[3]

杜甫写夜晚的荒野中，千家万户百姓的痛哭。“五更鼓角声悲壮，三峡星河影动摇。野哭千家闻战伐，夷歌数处起渔樵。”[4]

大多数普通人，在深夜的故事是不为人所知的。杜甫却关心他们，想他们之所想。他把这些故事都一一拾捡起来，写成诗歌，让它们得以被铭记。

在杜甫的诗歌里，黑夜充满了恐惧、痛苦、疯狂和死亡。但杜甫也发掘了黑夜光明的一面，它也能孕育希望、快乐、重聚、团圆，以及人与人之间的美好情感。

杜甫与二十年不见的老朋友卫八处士蓦然相见，不

# 鎏金叶形银盘

免生出人生的感慨：我们这一辈子，怎么就像天空的参星和商星那样不得相见呢？今天是什么日子啊，能让同样的灯烛照着！

他写下了《赠卫八处士》：

人生不相见，动如参与商。
今夕复何夕，共此灯烛光。
少壮能几时，鬓发各已苍。
访旧半为鬼，惊呼热中肠。
焉知二十载，重上君子堂。
昔别君未婚，儿女忽成行。
怡然敬父执，问我来何方。
问答乃未已，驱儿罗酒浆。
夜雨剪春韭，新炊间黄粱。
主称会面难，一举累十觞。
十觞亦不醉，感子故意长。
明日隔山岳，世事两茫茫。

这首诗没有什么难懂的词，如此普通，如此家常，但又如此亲切，如此动人。每个重逢的夜晚，正是因为“明日隔山岳，世事两茫茫”，才让人觉得弥足珍贵，才让每个经历过家国动荡之痛的人刻骨铭心。

在一年的分别后，杜甫赶回自己在陕西羌村的家，一家人团聚。夜半以后，他和妻子还不能入睡。这出乎意料的重逢，使人难以置信，两人秉烛相对，怎么也看不够，觉得像在梦中一样。

夜阑更秉烛，相对如梦寐。

又是黑夜，又是重逢，杜甫和妻儿再一次领受了夜所给予的恩惠。

杜甫曾写过一首妇孺皆知的诗歌，也是关于夜晚的。

好雨知时节，当春乃发生。

随风潜入夜，润物细无声。

野径云俱黑，江船火独明。

晓看红湿处，花重锦官城。[5]

这不仅仅是在写春夜的一场好雨，更是在赞美一种精神。

当世界变得如此残酷，人将如何得救呢？雨水给花朵和草木带来生机和美丽，更给枯萎的世界注入恢复的活力。

而仁爱的精神，不就好像这春夜的雨水吗？它是杜甫的信仰，也是危机时代的唯一希望。

还是在夜里，杜甫带着家人离开了居住五年的成都的家，坐着小船去寻找下一个能收留他们的地方。他写道：

细草微风岸，危樯独夜舟。

星垂平野阔，月涌大江流。

名岂文章著，官应老病休。

飘飘何所似？天地一沙鸥。[6]

# 史思明墓镇墓铜坐龙

杜甫被眼前的黑夜吸引，它既美丽，又让人惶恐；既震撼人心，又让人感到孤独无助。

有一个声音对杜甫说：为什么你要过如此颠沛流离、孤苦无告的生活呢？

灿烂的星星低垂在辽阔的平野之上，月光随着浩瀚的江水一起涌动，这么神圣，这么庄严，仿佛有一种更高、更伟大的心智降临到杜甫的身体里去解救他。

是的，和杜甫一样，我们不会比一颗星星更寂寞，不会比一根在夜晚被风吹拂的小草更柔弱，也不会比一只在天地间翱翔的沙鸥更孤独。

而星星、月亮、浩瀚无垠的江水，这大自然不可描述的纯洁和恩惠，也在告诉我们，什么是伟大、宁静、满足、欢乐。只要心中有爱，人就不可战胜，人就是地球上出现过的最勇敢、最坚强、最美的生物。

他走在哪里，哪里就有光明。

“野径云俱黑，江船火独明。”

為你读詩

THE POEM FOR YOU

# 欢颜居

1. 出自《月夜忆舍弟》。全诗及白话译文如下:

月夜忆舍弟

**杜甫**

戍鼓断人行，边秋一雁声。

露从今夜白，月是故乡明。

有弟皆分散，无家问死生。

寄书长不达，况乃未休兵。

戍楼上响起更鼓，禁止人出行了；边塞的秋天里，一只孤单的雁正在哀鸣。

白露夜的露水尤其莹白，故乡的月亮最为明亮。

我的兄弟都在战乱中分散了，我没有家了，不知他们的死活。

我寄出的家书常常不能送达，更何况如今战争还没有停息。

2.“清夜沉沉动春酌，灯前细雨檐花落。但觉高歌有鬼神，焉知饿死填沟壑。”出自《醉时歌》。全诗及白话译文如下：

醉时歌

**杜甫**

诸公衮衮登台省，广文先生官独冷。

甲第纷纷厌粱肉，广文先生饭不足。

先生有道出羲皇，先生有才过屈宋。

德尊一代常坎轲，名垂万古知何用！

杜陵野客人更嗤，被褐短窄鬓如丝。

日籴太仓五升米，时赴郑老同襟期。

得钱即相觅，沽酒不复疑。

忘形到尔汝，痛饮真吾师。

清夜沉沉动春酌，灯前细雨檐花落。

但觉高歌有鬼神，焉知饿死填沟壑。

相如逸才亲涤器，子云识字终投阁。

先生早赋归去来，石田茅屋荒苍苔。

儒术于我何有哉，孔丘盗跖俱尘埃。

不须闻此意惨怆，生前相遇且衔杯！

那些达官贵人一个个都登上高位，担任重要的职务；广文先生做的，却是一个无权无势的冷官。

豪门之家纷纷吃厌了精美的膳食，广文先生却连饭都吃不饱。

先生的品德超过羲皇时代的人，先生的才学胜过屈原、宋玉。

你德尊一代，品德高尚，却常遭遇坎坷；你名垂万世，又有什么用呢？

而我这个住在杜陵的野客，更受人讥笑，穿着又短又窄的粗布衣服，鬓角已经出现丝丝白发。

穷得每天到太仓去买官家的减价米五升，时常跑到懂我的郑老先生那里去。

我得了钱，就马上跑去找他；我们买酒喝，一点不考虑其他。

我们喝起酒来，不拘礼节，痛快到忘了形迹，以尔汝等轻贱之称来称呼彼此。但能痛饮，就是我的老师！

在这深沉的夜色里，在这春天，我们拿起酒杯喝酒，沉溺其中；我们看灯前细雨霏霏，檐前春花飘落。

我们饮酒唱歌，好像有鬼神在旁，为我们助兴。我们哪里管得了，未来有一天没有饭吃，饿死了，就被丢到沟壑里去。

司马相如有才能，尚且亲自卖酒、洗食器；扬雄博学多识奇字，最终还是跳下了天禄阁。

先生啊，早赋一篇《归去来》，早做打算，你家里那一点贫瘠的田地，你的几间茅屋现在都长满了青苔。

儒家的道理跟我有什么关系啊？孔丘、盗跖都已化为尘埃。

你不要听了我讲这些话，心里悲伤。我们现在还活着，还能相遇，那就端起酒杯喝个畅快！

3.“夜久语声绝，如闻泣幽咽。天明登前途，独与老翁别。”出自《石壕吏》。全诗及白话译文如下：

## 石壕吏

**杜甫**

暮投石壕村，有吏夜捉人。

老翁逾墙走，老妇出门看。

吏呼一何怒！妇啼一何苦！

听妇前致词：三男邺城戍。

一男附书至，二男新战死。

存者且偷生，死者长已矣！

室中更无人，惟有乳下孙。

有孙母未去，出入无完裙。

老妪力虽衰，请从吏夜归。

急应河阳役，犹得备晨炊。

夜久语声绝，如闻泣幽咽。

天明登前途，独与老翁别。

日暮时，我投宿在一个叫石壕村的地方。夜里，有差役来抓人。

这家的老翁跳墙跑了，老妇人走出门去应付。

差役喊叫得那样凶狠，老妇人啼哭得那么凄苦。

我听到老妇人上前说："家里三个儿子都被征调到邺城当兵去了。

"其中一个儿子最近才托人带了一封信回来，说他还活着，可是另外两个刚刚战死了。

"活着的人姑且活一天算一天，死去的人却永远死去了！

"我家里再也没有人了，只有一个还在吃奶的孙子。

"孙子在，所以他母亲还没有离去，但进进出出连一件完好的裙子都没有。

"老妇我虽然年老体衰，但是愿意跟着你连夜到军营去报到。

"假如现在出发，赶到河阳去，我还来得及为那些士卒做早饭。"

夜深了，说话的声音渐渐听不到了，但又隐隐约约听到幽咽的哭泣声。

天亮了，我要继续赶路了，只剩下那个老翁和我告别。

4."五更鼓角声悲壮，三峡星河影动摇。野哭千家闻战伐，夷歌数处起渔樵。”出自《阁夜》。全诗及白话译文如下：

阁夜

**杜甫**

岁暮阴阳催短景，天涯霜雪霁寒宵。

五更鼓角声悲壮，三峡星河影动摇。

野哭千家闻战伐，夷歌数处起渔樵。

卧龙跃马终黄土，人事音书漫寂寥。

年末寒冬，白昼越来越短了；在这天涯之地，在这霜雪方停的夜里。

五更时，军营的战鼓声和号角声显得悲壮；三峡中，星空和银河的倒影在江水中摇曳不定。

时时传来战伐的消息，千家万户的恸哭声响彻荒野；还有几处渔人和樵夫唱起的夷人歌谣，传递出一点生命的气息。

诸葛亮和公孙述最终都成了一抔黄土；我书信断绝，似乎所有人都把我遗忘了，任我过着寂寥的生活。

5. 出自《春夜喜雨》。全诗及白话译文如下：

春夜喜雨

**杜甫**

好雨知时节，当春乃发生。

随风潜入夜，润物细无声。

野径云俱黑，江船火独明。

晓看红湿处，花重锦官城。

好雨知道该下的时节，正当春天万物萌生时，雨就下起来了。

在夜里，雨随风而来，滋润万物而悄无声息。

田野小路和天上的乌云都一片漆黑，只有江上渔船的灯火闪着一点亮光。

等到清晨起来，看鲜红湿润的花丛，只觉得锦官城的花儿都沉甸甸的，花朵饱含雨水，色泽更加美丽。

6. 出自《旅夜书怀》。全诗及白话译文如下：

旅夜书怀

**杜甫**

细草微风岸，危樯独夜舟。

星垂平野阔，月涌大江流。

名岂文章著，官应老病休。

飘飘何所似？天地一沙鸥。

微风吹拂着岸边青草，桅杆高耸的小船孤独地停靠在夜晚的江边。

星空低垂，平野广阔无际；月光照着江水，月色在波浪中翻涌。

我追求的声名难道是因为文章而流芳百世吗？年老多病，应该辞官退休了。

我漂泊的生涯像什么呢？就好像天地之间一只到处孤飞的沙鸥。

为你读诗

THE POEM FOR YOU

为你读诗

THE POEM FOR YOU

# 第二章 遇见李白：故人入我梦，明我长相忆

有人说，杜甫比李白更重情谊。理由是杜甫留下十几首怀念李白的诗，而李白怀念杜甫的诗只有两三首。这说法似乎挺对，喜欢杜甫的人便有了一种失落感，觉得这样的友谊不对等。

唐《本事诗》记载李白有这样一首诗，叫《戏赠杜甫》[1]：

饭颗山头逢杜甫，顶戴笠子日卓午。
借问别来太瘦生，总为从前作诗苦。

有人评论，这是李白在讥讽杜甫作诗过于冥思苦想。李白写给杜甫的诗本来就不多，这一首还语带不屑，喜欢杜甫的人因此更伤感了。但又有人翻出一首杜甫的诗来，指出杜甫对李白求仙访道的作风其实也早就看不惯：

> 秋来相顾尚飘蓬，未就丹砂愧葛洪。
> 痛饮狂歌空度日，飞扬跋扈为谁雄。[2]

杜甫似乎在劝告李白，不要那么飞扬跋扈，傲视一切；又劝他少做一些痛饮狂歌的事，免得浪费大好的青春年华。而杜甫虽然表面夸李白“诗无敌”，但心里还是不服，想和他探讨什么才是真正的文学。

> 何时一樽酒，重与细论文？[3]

看多了各种对杜甫和李白关系的议论和揣测，我们心里难免会犯嘀咕：李白和杜甫之间纯粹的友谊，恐怕是我们后来人一厢情愿的想象吧。

但事实上，杜甫始终热爱和牵挂李白。和李白第一次相见，杜甫就感到无比亲切，“遇我宿心亲”[4]。两人同游，也是像兄弟一样友爱，“醉眠秋共被，携手日同行”[5]。

# 金银丝结条笼子

两人分别后，杜甫无论在长安、秦州，还是在成都、夔州[6]，也都有思念李白的诗。

早有学者指出，《戏赠杜甫》在李白的诗集中找不到，应属好事之徒假借李白所写的伪作。但即使这诗属实，对李白也构不成坏的影响。因为对于真正的朋友，真心实意的批评难道不比虚情假意的赞美更宝贵吗？而这，也可以看成李白开的玩笑，幽默而善良的杜甫是不会计较的。

“痛饮狂歌空度日，飞扬跋扈为谁雄”，写这首诗给李白时，杜甫才三十出头，没有经历太多现实人生。他觉得人只要努力，就可以干出一番大事业。杜甫希望李白振作精神，不要颓废。但彼时的李白，比杜甫早经历宦海沉浮，从长安被唐玄宗“赐金放还”，他比杜甫更明白官场是什么样。

等到杜甫经历长安蹉跎十年，“朝扣富儿门，暮随肥马尘”[7]，他真正懂得了官场的现实，也更懂得了李白的孤独、绝望和作为一个天才的寂寞。所以他说：

不见李生久，佯狂真可哀。

世人皆欲杀，吾意独怜才。

敏捷诗千首，飘零酒一杯。

匡山读书处，头白好归来。[8]

安史之乱中，李白被流放夜郎[9]。杜甫知道消息后，无比悲痛。他无数次梦到李白，担心害怕：

死别已吞声，生别常恻恻。

江南瘴疠地，逐客无消息。

故人入我梦，明我长相忆。

君今在罗网，何以有羽翼？

恐非平生魂，路远不可测。

魂来枫林青，魂返关塞黑。

落月满屋梁，犹疑照颜色。

水深波浪阔，无使蛟龙得。[10]

“世人皆欲杀，吾意独怜才。”在那个时代最珍惜李白的，恐怕只有杜甫了。相较于杜甫的深情，李白也并没有忘记杜甫。他写给杜甫的诗歌尽管不多，但首首打动人心。他在山东曲阜的石门山送别杜甫，满是日后相见的期待：

醉别复几日，登临遍池台。
何时石门路，重有金樽开？
秋波落泗水，海色明徂徕。
飞蓬各自远，且尽手中杯。[11]

分别后，李白也时时想念着杜甫。他在山东兖州写下《沙丘城下寄杜甫》[12]：

我来竟何事？高卧沙丘城。
城边有古树，日夕连秋声。
鲁酒不可醉，齐歌空复情。
思君若汶水，浩荡寄南征。

李白对杜甫的思念，像汶水一样无穷无尽。不能和杜甫同游，李白饮酒和唱歌都缺少了真正的情味。

李白对人赤诚，对杜甫、王昌龄、孟浩然等皆是如此。而对一位叫汪伦[13]的素不相识的村民的友情，更说明了李白的赤子之心。

李白乘舟将欲行，忽闻岸上踏歌声。

桃花潭水深千尺，不及汪伦送我情。[14]

被李白描述得这么厚重的友情，其实也就是李白在登上船，即将出发的时候，汪伦踏着拍子唱歌，前来为李白送行。

我们感动于汪伦对李白的情谊，更感动于李白高洁的品格，他把一个平凡小人物的情谊铭刻于心，不容忘怀。因此，我们不能相信李白对杜甫的友情是虚假的、伪善的。而仅仅以为其写诗的多少，来评判李白对杜甫的情义，有些过于草率了。

洪迈[15]在《容斋随笔》里说过一段话：

# 青铜双龙柄瓶

“《维摩诘经》言，文殊从佛所将诣维摩丈室问疾，菩萨随之者以万亿计，曰：‘二士共谈，必说妙法。’予观杜少陵寄李太白诗云：‘何时一樽酒，重与细论文。’使二公真践此言，时得洒扫撰杖屦于其侧，所谓不二法门，不传之妙，启聪击蒙，出肤寸之泽以润千里者，可胜道哉！”

这是多么光明、多么令人向往的场景。

李白和杜甫如果还能相见，在一起谈话，那么一定会像佛祖讲经，“天花乱坠，地涌金莲”。两人会谈论很多意义深刻的思想，分享诗歌和人生的奥义吧。

假如真的如此，我也想和洪迈一起，汇入那许多的听众当中，或洒扫庭除，或撰杖捧履，侍奉左右。我们将有幸听到多少启迪心智、打破蒙昧、激发情感的妙语啊！这其中的教益，就像云气出山弥漫千里，润泽天下万物，哪里说得尽呢？

然而，这两个伟大的人物不能重逢了。他们渐行渐远，诗仙病逝于安徽当涂，诗圣病逝在湖南一艘漂泊无定的小船之上。

但我们只要梦见他们，他们就能相逢在一个新的世界里。茨维塔耶娃[16]给里尔克[17]写信说：“如果我们一起被某个人同时梦见——那就意味着，我们定会相见的。”李白和杜甫，也是如此。

故人入我梦，明我长相忆。

# 欢颜居

1.《戏赠杜甫》全诗及白话译文如下：

戏赠杜甫

**李白**

饭颗山头逢杜甫，顶戴笠子日卓午。

借问别来太瘦生，总为从前作诗苦。

在饭颗山上遇见杜甫，他头上戴着竹笠，日头刚好是中午。

请问老兄，自从分别以后你为何如此消瘦？恐怕是因为从前作诗太辛苦。

2.出自《赠李白》。全诗及白话译文如下：

赠李白

**杜甫**

秋来相顾尚飘蓬，未就丹砂愧葛洪。

痛饮狂歌空度日，飞扬跋扈为谁雄。

秋天来了，我们看着彼此，仍好像飘飞的蓬草一样飘忽不定。丹药仍然没有炼成，感到愧对葛洪。

痛饮狂歌，白白虚度日子啊。像您这样任性豪放，到底是为了哪个才这样呢？

3.“何时一樽酒，重与细论文？”出自《春日忆李白》。全诗及白话译文如下：

春日忆李白

**杜甫**

白也诗无敌，飘然思不群。

清新庾开府，俊逸鲍参军。

渭北春天树，江东日暮云。

何时一樽酒，重与细论文？

李白的诗无人能敌，他那高超的才思卓然不群。

清新得像庾信的诗作一样，也有鲍照作品的那种俊逸之气。

如今，我在渭北独对着春天的树木，而你在江东远望那日暮的薄云。

什么时候我们才能再一起饮酒，一起细细讨论诗文?

4.“遇我宿心亲”出自《寄李十二白二十韵》。全诗及白话译文如下:

寄李十二白二十韵

**杜甫**

昔年有狂客，号尔谪仙人。

笔落惊风雨，诗成泣鬼神。

声名从此大，汩没一朝伸。

文彩承殊渥，流传必绝伦。

龙舟移棹晚，兽锦夺袍新。

白日来深殿，青云满后尘。

乞归优诏许，遇我宿心亲。

未负幽栖志，兼全宠辱身。
剧谈怜野逸，嗜酒见天真。
醉舞梁园夜，行歌泗水春。
才高心不展，道屈善无邻。
处士祢衡俊，诸生原宪贫。
稻粱求未足，薏苡谤何频。
五岭炎蒸地，三危放逐臣。
几年遭鹏鸟，独泣向麒麟。
苏武先还汉，黄公岂事秦？
楚筵辞醴日，梁狱上书辰。
已用当时法，谁将此议陈？
老吟秋月下，病起暮江滨。
莫怪恩波隔，乘槎与问津。

曾经有一个狂客贺知章，他称呼你为“谪仙人”。

你落笔，风雨为之惊叹；你写完诗，鬼神都为之感动哭泣。

从此你李白的声名震动京师，以前的困顿失意自此一并扫除。

你的文采受到特别的恩遇，你的诗歌一定会万古流传。

皇帝泛舟，召你作序，你因醉酒而登舟晚。你在皇家的赛诗会上一举夺魁。

皇帝经常召见你，而你的身边，也总是有许多文士慕名追随。

后来，你被皇帝赐金放还，途中与我相遇，我们一见如故，建立起亲如兄弟的深厚感情。

你没有辜负自己辞官归隐的心愿，又能在受宠被重用和遭受谗言被贬的两种遭遇中做好平衡，并保全自己高洁的名声。

你与我畅谈，我喜爱你的潇洒不拘；我们痛快饮酒，我看到你的坦荡天真。

我们夜里在梁园饮酒起舞，那个春天，我们在泗水边纵情吟唱。

虽然才华超群却无用武之地，虽然道德崇高却无人理解。

才智堪比东汉祢衡，命运却如穷困失意的原宪。

你一定是受生活所迫才加入幕府，但有人说你是受了重金贿赂，参与永王李璘谋反。为何这诽谤是如此频繁？

你因此被流放到险恶偏远之地，长期漂泊。

几年之间屡遭祸患，像贾谊遭逢不吉的鹏鸟，你自伤道穷，独自面向麒麟哭泣。

苏武最终返回汉廷，夏黄公难道会为暴秦做事吗？

遭受君主的冷遇，你也曾上书为自己辩护。

如果当时事理难明，就让你服罪，那么，现在又有谁将此事向朝廷讲明？

你在垂老之年，仍然吟咏不辍。希望你早点好起来，在暮江之滨、秋月之下吟咏，散步。

不要怪皇帝的恩惠没有施及，我要乘槎到天上为你问津。

5.“醉眠秋共被，携手日同行”出自《与李十二白同寻范十隐居》。全诗及白话译文如下：

与李十二白同寻范十隐居

**杜甫**

李侯有佳句，往往似阴铿。

余亦东蒙客，怜君如弟兄。

醉眠秋共被，携手日同行。

更想幽期处，还寻北郭生。

入门高兴发，侍立小童清。

落景闻寒杵，屯云对古城。

向来吟橘颂，谁欲讨莼羹？

不愿论簪笏，悠悠沧海情。

李白有美妙的诗文，写得像南朝人阴铿的诗那样好。

我也算是东蒙一带的隐士了，喜爱他如同自己的兄弟。

喝醉了，睡在一起，共用一条被子。白天，走在路上，携手同游。

又想到还有隐逸的期约，便去寻访城北的隐士范十。

进门后就产生了高雅的兴致，侍立在旁边的小童仆也十分清俊。

夕阳落下，听到寒杵声响起，积聚的云气正对着古城。

向来吟诵《橘颂》的人，谁会贪恋故乡莼羹的风物之美？

不想讨论官职和仕途的事情，只愿把情感寄托在这沧海之中。

6. 夔州，古地名，唐武德二年（公元619年）改信州置州，天宝元年（公元742年）改为云安郡，乾元元年（公元758年）复为夔州，治奉节，辖境相当于今重庆市奉节、云阳、巫山、巫溪等县地。

7. “朝扣富儿门，暮随肥马尘”出自《奉赠韦左丞丈二十二韵》。全诗及白话译文如下：

奉赠韦左丞丈二十二韵

**杜甫**

纨绔不饿死，儒冠多误身。

丈人试静听，贱子请具陈。

甫昔少年日，早充观国宾。

读书破万卷，下笔如有神。

赋料扬雄敌，诗看子建亲。

李邕求识面，王翰愿卜邻。
自谓颇挺出，立登要路津。
致君尧舜上，再使风俗淳。
此意竟萧条，行歌非隐沦。
骑驴十三载，旅食京华春。
朝扣富儿门，暮随肥马尘。
残杯与冷炙，到处潜悲辛。
主上顷见征，欻然欲求伸。
青冥却垂翅，蹭蹬无纵鳞。
甚愧丈人厚，甚知丈人真。
每于百僚上，猥诵佳句新。
窃效贡公喜，难甘原宪贫。
焉能心怏怏，只是走踆踆。
今欲东入海，即将西去秦。
尚怜终南山，回首清渭滨。
常拟报一饭，况怀辞大臣。
白鸥没浩荡，万里谁能驯？

纨绔子弟物质丰盈，事业也会有很好的发展；读书人却总是饥饿，一辈子也无法让自己的抱负得以施展。

老先生，请您试着静下心来听，请容许我这卑贱的人向您细细讲述这事情的原委。

从前，杜甫我还年轻的时候，曾经参加过进士考试。

我读了很多的书，拿起笔写文章好像有神相助。

我作的赋，料想可以和扬雄相比；我写的诗歌，看着与曹植（曹子建）很接近。

李邕这样的名人都要求跟我见面，王翰都希望跟我做邻居。

我知道自己很突出，自以为马上就可以走上仕途，担任重要的官职。

我要辅佐皇帝超越尧舜，让天下的风尚重新变得淳厚。

我这样的理想竟然落空了。我一边走路一边吟诗，但我没有消沉，也没有隐逸。

骑了十三年毛驴，在繁华的京城，在美丽的春光中讨饭谋生。

早晨去敲富人的大门求助，傍晚追随骑着肥马的大官的后尘。

喝剩的酒，吃冷掉的剩饭。我到任何地方，也只能在内心暗暗地悲哀，暗暗地酸辛。

皇帝最近下诏书，征召有贤能的人。忽然之间，我又得到希望，以为自己的理想可以实现了。

仍像大鹏想要飞到青天之上，翅膀却垂下了；也像那失势的大鱼，没能跳过龙门。

十分愧对老先生您对我的厚意，我深知老先生您对我的真心。

您常常在百官面前、朝廷之上，屈尊吟诵我新写的诗中的一些好句子。

我私下效法像贡公一样喜悦，实在不甘心像原宪那样清贫。

我怎能一直怏怏不乐呢？只好离开，但我去哪里呢？

如今我打算避世隐居，即将离开长安。

想去又迟迟不忍，还爱怜着终南山，回头眺望渭水之滨。

有人对我有一饭之恩，我都想着要报答，更何况我现在要辞别您这样一位对我真心诚意的大臣。

我将要像一只白鸥一样，消失在浩荡的烟波里。那时候我已经到了万里之外，谁还能把我约束、驯服？

8.出自《不见》。全诗及白话译文如下：

不见

**杜甫**

不见李生久，佯狂真可哀。

世人皆欲杀，吾意独怜才。

敏捷诗千首，飘零酒一杯。

匡山读书处，头白好归来。

没有看见李白很久了，他佯狂的样子真让我哀怜。

世人都要杀他，只有我怜惜他的才华。

他文思敏捷，下笔成诗，已写了无数诗篇。他四处飘零，只能靠一杯酒来浇愁。

匡山那儿有他曾读书的地方，他头发白时应该快快归来。

9. 夜郎，古地名，唐宋时期设立了夜郎县，治今贵州桐梓北，著名诗人李白就曾被流放于此。

10. 出自《梦李白二首（其一）》。全诗及白话译文如下：

梦李白二首（其一）

**杜甫**

死别已吞声，生别常恻恻。

江南瘴疠地，逐客无消息。

故人入我梦，明我长相忆。

君今在罗网，何以有羽翼？

恐非平生魂，路远不可测。

魂来枫林青，魂返关塞黑。

落月满屋梁，犹疑照颜色。

水深波浪阔，无使蛟龙得。

若是死别还可吞声一哭，生别则让人常常悲痛。

江南山泽很多都是瘴疠流行的地方，被贬谪的人啊，却没有一点消息。

老朋友你出现在我梦里，因为你明白我长久思念你的感情。

你如今在罗网中，怎么会用翅膀冲破罗网来到我的梦里?

恐怕来的已经不是你活着的魂魄了，路途遥远，你是生是死不可测。

你的魂魄来的时候，经过江南青青的枫树林；你的魂魄回去的时候，经过黑沉沉的秦陇关塞。

梦醒之后，月光洒满屋梁，恍惚中看到你憔悴的面容。

水深浪阔，你回去的旅途上，请多加小心啊，不要被蛟龙擒获。

11. 出自《鲁郡东石门送杜二甫》。全诗及白话译文如下：

鲁郡东石门送杜二甫

李白

醉别复几日，登临遍池台。

何时石门路，重有金樽开？

秋波落泗水，海色明徂徕。

飞蓬各自远，且尽手中杯。

没有几天便要分别了，我们就一醉而别吧。我们登山临水，已经走遍附近的山池楼台。

什么时候在通往石门山的路上，我们又能开怀畅饮？

泗水里，秋波荡漾，熠熠的海色映亮了徂徕山。

我们将如飞蓬一样，各自飘远，现在姑且饮尽我们手中的酒吧！

12.《沙丘城下寄杜甫》全诗及白话译文如下：

沙丘城下寄杜甫

**李白**

我来竟何事？高卧沙丘城。

城边有古树，日夕连秋声。

鲁酒不可醉，齐歌空复情。

思君若汶水，浩荡寄南征。

我来这里，究竟有什么事呢？我整日高卧在沙丘城上。

城边有古树，从早到晚不断发出秋风吹动草木的声音。

鲁地酒薄，不能让我沉醉；齐地的歌声，也徒有它的情意。

思念你的感情，好像滔滔汶河水，浩浩荡荡地随你向南而去。

13. 汪伦，字文焕，一字凤林，唐朝歙州黟县人，唐开元间任泾县令，诗人，李白好友。

14. 出自《赠汪伦》。全诗及白话译文如下：

赠汪伦

**李白**

李白乘舟将欲行，忽闻岸上踏歌声。

桃花潭水深千尺，不及汪伦送我情。

李白乘舟将要远行，忽然听到岸上传来踏歌的声音。

桃花潭水即使有千尺那么深，也比不上汪伦送我的情谊深厚。

15. 洪迈（1123—1202），字景卢，号容斋，又号野处，饶州乐平（今属江西）人。南宋文学家、学者，洪皓第三子，官至翰林院学士、资政大夫、端明殿学士、宰执，封魏郡开国公、光禄大夫。撰有《容斋随笔》《夷坚志》等。

16. 茨维塔耶娃（1892—1941），俄罗斯白银时代诗人、小说家，出身于莫斯科一个上层知识分子家庭，1910年出版处女作诗集《黄昏纪念册》获好评，代表作有《少女王》《天鹅营》《离别》等。

17. 里尔克（1875—1926），奥地利诗人，出生于布拉格，代表作有《生活与诗歌》《梦幻》《祈祷书》《新诗集》《新诗续集》《杜伊诺哀歌》，另著有日记体长篇小说《马尔特手记》。诗作注重语言形象、音乐节奏，比喻奇特，想象突兀，对 20 世纪西方现代诗歌有很大影响。

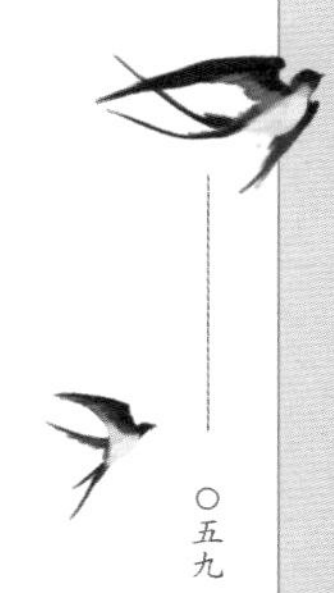

為你读詩

THE POEM FOR YOU

# 第三章

# 草堂：我有一所房子，面朝江水，春暖花开

如果有一个摄影机穿越回大唐，去拍下杜甫的行程。你会发现，有很长时间，杜甫一直在漂泊。

想要报效国家，他心系朝堂；担心家人安危，他走在回乡探亲的路上。在家和国之间，他不停奔波，喘息未定。他耳旁回荡的，是黎民百姓的哭声，还有兵戈的厮杀声。他有时走在大雨滂沱的平原，有时穿过崎岖危险的山林。他走过一个个凋敝荒凉的村子，也走过曾经辉煌、如今破败的宫殿。他无处可以栖身，一直走，直到759年走到了成都。

成都赫赫有名。唐代有句俗话，叫“扬一益二”。“扬”指扬州，“益”指成都。这是说，在长安和洛阳之外，扬州和成都是全国最繁华的城市。安史之乱爆发后，长安和洛阳遭到洗劫，相比民不聊生的中原大地，成都依旧繁华。这片暂时安定的乐土，给杜甫带来了希望。

在成都，还有杜甫的一些亲朋好友能够帮助他。刚来时，一穷二白的杜甫寄居在成都郊外浣花溪畔的草堂寺[1]。在彭州做刺史的老友高适得知后，派人送来粮食，邻居也送来自家种的蔬菜。杜甫在诗歌里感慨："故人供禄米，邻舍与园蔬。"

到成都第二年，也就是760年的春天，杜甫觉得长期在寺庙寄居也不是办法，打算在锦江边盖几间茅草房子作为自己在成都的家。正在筹划之时，杜甫在成都当司马的表弟王十五来看他，并送来建房子的钱。这真是雪中送炭，杜甫吟诗致意道：

客里何迁次，江边正寂寥。

肯来寻一老，愁破是今朝。

忧我营茅栋，携钱过野桥。

他乡唯表弟，还往莫辞遥。[2]

# 鎏金三钴杵纹银臂钏

这年暮春，草堂落成了。对乱世流亡的人来说，有个安身之所，便是极幸运的了。何况草堂周围风景那么美，难怪杜甫要在诗歌里珍之重之了。他说：

暂止飞乌将数子，频来语燕定新巢。[3]

房子建成后，有乌鸦领着自己的宝宝来看房，打算定居于此；有燕子飞来，呢喃着想在堂前筑一个新窝。这是多么温馨的场景，给人也给动物提供了家园，而杜甫何尝不是用乌鸦和燕子自比，因为从此他不必再流浪。

杜甫喜欢草堂的环境。“已知出郭少尘事，更有澄江销客愁。无数蜻蜓齐上下，一双鸂鶒对沉浮。”[4]多么生机盎然的画面。

杜甫也喜欢草堂附近的人。

草堂南面，住着一位头戴黑色方巾的先生，他的园子里每年可收许多的芋头和板栗。他家常有宾客来，孩子们都习惯了，总乐呵呵的。鸟雀也常在台阶上觅食，它们已被驯服了。杜甫去拜访这位先生，他热情相待，

又趁着秋天锦江里的水刚上涨，陪同杜甫乘船游览。到天色将晚、明月升起时，这位头戴黑巾的先生又殷勤地把杜甫送出柴门。

草堂北面，住着一位任期未满就辞官退隐的县令。他十分风雅，爱喝酒，会写诗。他还买了很多竹子种在家门口，他也喜欢在江边坐着看风景。知道杜甫年老多病，他经常到草堂来看望杜甫。

而杜甫印象最深的，是一位叫黄四娘的妇女：

黄四娘家花满蹊，千朵万朵压枝低。
留连戏蝶时时舞，自在娇莺恰恰啼。

杜甫带着温情和爱意，寻找生活中打动他的一切事物；而他，也把在生活中汲取的爱和善意传给他人。

舍南舍北皆春水，但见群鸥日日来。
花径不曾缘客扫，蓬门今始为君开。
盘飧市远无兼味，樽酒家贫只旧醅。

# 凤首执壶、覆莲托盏、莲形杯

肯与邻翁相对饮，隔篱呼取尽余杯。[5]

这是一个怎样的客人？在他没到来时，是群鸥日日飞来与杜甫为伴。

客人来了，杜甫喜出望外。他打扫花径，一向紧闭的家门，今天第一次为客人而打开。草堂简陋，待客没有多种菜肴。家贫如洗，只有陈酒招待，杜甫为此感到歉疚。

但这不影响两位挚友越喝酒意越浓，杜甫隔着篱笆邀请邻居家的老翁来共饮作陪，大家一起把快乐推向高潮。我们借助杜甫的诗歌发现，人和人的交往可以那么直率真挚，毫无虚伪和矫饰。

杜甫也终于一家人欢聚一堂，享受天伦之乐：

清江一曲抱村流，长夏江村事事幽。
自去自来梁上燕，相亲相近水中鸥。
老妻画纸为棋局，稚子敲针作钓钩。

但有故人供禄米，微躯此外更何求？[6]

有饭吃，有风景可以看，有家人在身旁，虽然如此平凡，但杜甫很满足。他曾经被命运肆意摆布，如今他也可以自由选择生活。因为心的安定，杜甫得以更缓慢地观察事物，去发现它们的美，它们的真，它们的善。

在成都期间，杜甫曾经长时间离开过一次草堂。因为成都发生兵变，杜甫一家仓皇出逃。在绵州、梓州等地流亡期间，杜甫打发自己最小的弟弟杜占（这是跟随他入蜀的唯一的弟弟）回去探视草堂，并写道：

久客应吾道，相随独尔来。
孰知江路近，频为草堂回。
鹅鸭宜长数，柴荆莫浪开。
东林竹影薄，腊月更须栽。[7]

杜甫希望柴门都关好了，自己养的鸭子和鹅都还在，一切好好的，等待自己归来。

等到杜甫再回到成都的家，推开家门，满地野鼠奔窜，杂草丛生，药栏和水槛都倾斜破毁，是一片没有主人的荒凉景象。

杜甫重新收拾，整饬一新，草堂又变得和从前一样美好；但他知道，危机总悄悄藏于某处，时刻会剥夺他的草堂和宁静的生活。

成都并非乐土，吐蕃的军队多次从西南杀来。朋友们纷纷离去，留下来的接济不及时，杜甫一家依然面临贫穷和饥饿的威胁。

即便如此，杜甫最关心的还是国家的命运和未来。在如诗如画的成都草堂，杜甫可能正得出一个结论：唐朝盛世再也不会有了。他把思考和观察写成一首首诗歌，把问题的矛头指向了专横残暴的地方军阀、巧立名目的贪官污吏，以及骄奢淫逸的统治者。

杜甫从小耳濡目染，从家族、社会那里承袭了对家国的责任感，想着未来某一天，用一身本领和赤诚的心报效这伟大的时代。然而，人到中年，这时代消失了。

# 金银平脱凤鸟纹方镜

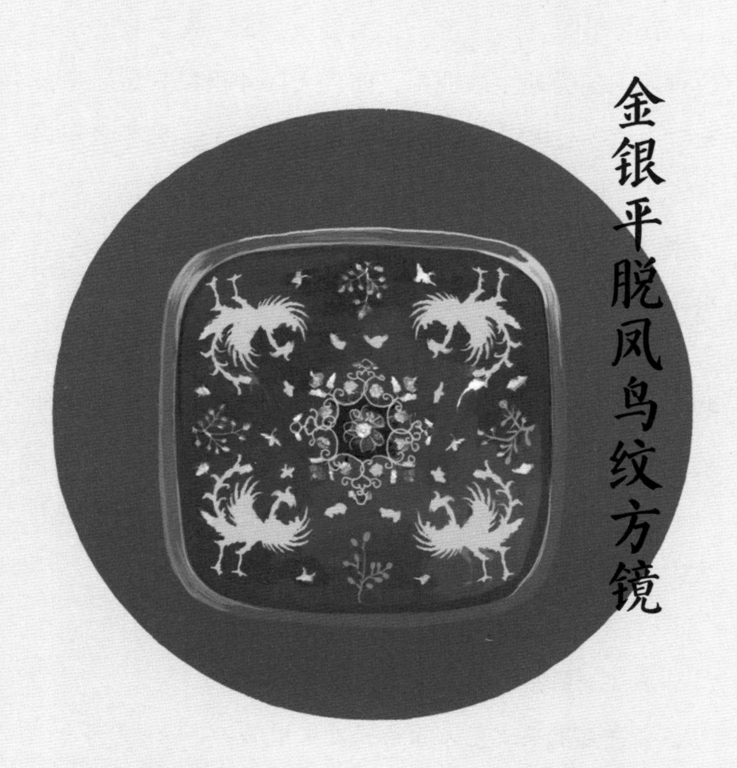

它迫使杜甫去正视危机，并思考人之为人的意义。

765年四月，杜甫一生的好友严武[8]死了。这是一位雄才，因为他主政成都，西南大局才得以安定。“公来雪山重，公去雪山轻。”[9]杜甫怀念严武，如今老友去世，巴蜀必将经历新一轮的动荡。这是一个变化的世界，一个涌动着不安的世界。杜甫不得不离开住了四五年的草堂，再次踏上漂泊之路。

在杜甫的一生中，相比安定，他的漂泊是长久的，甚至是永恒的。让杜甫回望一下，也让我们回望一下他的成都岁月吧。

再读一读《江村》这首诗，让我们温习一下杜甫人生中为数不多的短暂的温馨时刻。

清江一曲抱村流，长夏江村事事幽。

自去自来梁上燕，相亲相近水中鸥。

老妻画纸为棋局，稚子敲针作钓钩。

但有故人供禄米，微躯此外更何求？

杜甫如今又要去流浪了。让我们跟着摄影机，继续跟随他的步伐，一直走下去。那是云安，那是夔州，那是江陵，那是长沙，那是湘潭……那是杜甫临终乘的那艘小船。把这些和之前杜甫走过的路串联起来，我们会发现，那是整个中国。

# 欢颜居

1. 草堂寺，在今四川成都西南。隋名桃花寺。唐代因与杜甫草堂相近，也称草堂寺。北宋改为梵安寺。宋人任正一的《游浣花记》里说："成都之俗，以游乐相尚，而浣花为特甚。每岁孟夏十有九日，都人士女，丽服靓妆，南出锦官门；稍折而东，行十里入梵安寺，罗拜冀国夫人祠下；退游杜子美故宅；遂泛舟浣花溪之百花潭；因以名其游与其目。"可见，游浣花溪，逛草堂寺和杜甫草堂，曾是一种风尚。明末，该寺被毁。清朝重建，保存至今。

2. 出自《王十五司马弟出郭相访，兼遗营茅屋赀》。全诗及白话译文如下：

王十五司马弟出郭相访，兼遗营茅屋赀

**杜甫**

客里何迁次，江边正寂寥。

肯来寻一老，愁破是今朝。

忧我营茅栋，携钱过野桥。

他乡唯表弟，还往莫辞遥。

客居在这里，该去往哪里呢？我坐在江边正感到寂寥。

却有人肯来寻我这个老头。我的忧愁要散去了，就在今天。

忧愁我盖房子需要茅草和栋梁，你带着钱走过野桥来看我。

在异地唯有这个表弟啊，多往来走走啊，不要以路途遥远相推辞。

3.“暂止飞乌将数子，频来语燕定新巢。”出自《堂成》。全诗及白话译文如下：

堂成

**杜甫**

背郭堂成荫白茅，缘江路熟俯青郊。

桤林碍日吟风叶，笼竹和烟滴露梢。

暂止飞乌将数子，频来语燕定新巢。

旁人错比扬雄宅，懒惰无心作解嘲。

背靠着城郭，落成的草堂用茅草覆盖；邻近锦江，来往的人走出一条路，从草堂可以俯瞰青色的郊野。

草堂修在桤林深处，强烈的阳光照不进来，风吹着树叶，似发出低吟之声；露水滴在竹子上，有漠漠轻烟笼罩。

飞乌带领几只雏鸟暂栖于此，燕子呢喃，频频飞来，在屋檐上安排新的窝巢。

旁人错把这里比成扬雄的居所，我可是懒惰之人，无心作《解嘲》那样的文章。

4.“已知出郭少尘事，更有澄江销客愁。无数蜻蜓齐上下，一双鸂鶒对沉浮。”出自《卜居》。全诗及白话译文如下：

卜居

**杜甫**

浣花流水水西头，主人为卜林塘幽。

已知出郭少尘事，更有澄江销客愁。

无数蜻蜓齐上下，一双鸂鶒对沉浮。

东行万里堪乘兴，须向山阴上小舟。

在浣花溪水的上游，我选择住所，找了一处有树林、池塘的幽静的地方。

这个地方在城外，少尘俗之事，还有清澈的江水来消除我这个客居者的哀愁。

无数的蜻蜓一齐在天地间飞翔，一对鸂鶒在溪水上一起沉浮。

这里交通也很方便。如果有兴致，只要登上小舟，便能东行万里，直到浙江的山阴。

5. 出自《客至》。全诗及白话译文如下：

客至

**杜甫**

舍南舍北皆春水，但见群鸥日日来。

花径不曾缘客扫，蓬门今始为君开。

盘飧市远无兼味，樽酒家贫只旧醅。

肯与邻翁相对饮，隔篱呼取尽余杯。

草堂的南面和北面都涨满了春水，只有成群的鸥鸟日日飞来。

花径不曾因为客人而打扫过，今天为你清扫了；柴门也不曾开过，今天为你打开。

离市集太远，晚餐没有好的菜肴；家里太穷，只有陈酒来招待你。

如果愿意与隔壁的老翁一同对饮，我就隔着篱笆把他叫来！

6. 出自《江村》。全诗及白话译文如下：

江村

**杜甫**

清江一曲抱村流，长夏江村事事幽。

自去自来梁上燕，相亲相近水中鸥。

老妻画纸为棋局，稚子敲针作钓钩。

但有故人供禄米，微躯此外更何求？

一条清江环绕着村庄流过；长长的夏日里，村中的一切都显得幽静。

梁上的燕子自来自去，水中的鸥鸟相亲相近。

老妻在纸上画出棋盘，小儿子把针弯成一只鱼钩。

只要有老朋友给予一些资助，我就满足了，此外我这微贱之躯还有什么奢求呢？

7. 出自《舍弟占归草堂检校聊示此诗》。全诗及白话译文如下：

舍弟占归草堂检校聊示此诗

**杜甫**

久客应吾道，相随独尔来。

孰知江路近，频为草堂回。

鹅鸭宜长数，柴荆莫浪开。

东林竹影薄，腊月更须栽。

长久地在旅途中，正应了我的道啊。只有你随我入蜀。

不知道江路近不近，你多回草堂看看吧。

鹅和鸭子应多数数，柴门不要老打开。

东林的竹子还显单薄，腊月的时候再栽点吧。

8. 严武（726—765），字季鹰，华州华阴（今陕西华阴）人，唐朝中期名将、诗人，中书侍郎严挺之之子。

9. “公来雪山重，公去雪山轻。”出自《八哀诗·赠左仆射郑国公严公武》。全诗及白话译文如下：

八哀诗·赠左仆射郑国公严公武

**杜甫**

郑公瑚琏器，华岳金天晶。

昔在童子日，已闻老成名。

嶷然大贤后，复见秀骨清。

开口取将相，小心事友生。

阅书百纸尽，落笔四座惊。

历职匪父任，嫉邪常力争。
汉仪尚整肃，胡骑忽纵横。
飞传自河陇，逢人问公卿。
不知万乘出，雪涕风悲鸣。
受词剑阁道，谒帝萧关城。
寂寞云台仗，飘飖沙塞旌。
江山少使者，笳鼓凝皇情。
壮士血相视，忠臣气不平。
密论贞观体，挥发岐阳征。
感激动四极，联翩收二京。
西郊牛酒再，原庙丹青明。
匡汲俄宠辱，卫霍竟哀荣。
四登会府地，三掌华阳兵。
京兆空柳色，尚书无履声。
群乌自朝夕，白马休横行。
诸葛蜀人爱，文翁儒化成。
公来雪山重，公去雪山轻。
记室得何逊，韬钤延子荆。
四郊失壁垒，虚馆开逢迎。

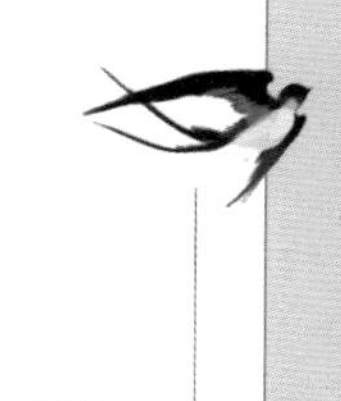

堂上指图画，军中吹玉笙。

岂无成都酒，忧国只细倾。

时观锦水钓，问俗终相并。

意待犬戎灭，人藏红粟盈。

以兹报主愿，庶或裨世程。

炯炯一心在，沉沉二竖婴。

颜回竟短折，贾谊徒忠贞。

飞旐出江汉，孤舟轻荆衡。

虚无马融笛，怅望龙骧茔。

空余老宾客，身上愧簪缨。

郑国公严武乃是瑚琏之器，像是华岳神孕育出来的精秀。

昔日他年少时，就以老成持重闻名。

继他的父亲严挺之之后，再次看到他的儿子气质聪慧，骨相清秀。

开口之间，就能取得将相高位，对待朋友总是小心周到。

读书涉猎非常广泛，落笔成文，满座皆惊。

历任的官职不是靠父亲的帮助和荫庇才得到，嫉恨邪恶，常常据理力争。

朝廷的礼仪制度尚且整齐严肃，安史之乱突然就开始了。

来自河西与陇右地区驿站的车马不断送来急报，逢人就问公卿你在哪里。

不知道皇帝已经离开京城了，雪好像在哭泣，风好像在悲鸣。

在去蜀道的路上接受君王的命令，到平凉郡去拜谒唐肃宗。

蜀道上唐玄宗的仪仗是那么冷清，唐肃宗的旗帜在沙漠边塞上飘扬。

江山辽远，来往的使者很少，只有军队的笳鼓声表达自己对皇帝的忠诚。

热血的壮士相互对视，忠诚的大臣义愤填膺。

频繁地讨论如何效法贞观之治，激烈地讨论着如何从凤翔出发，去讨伐敌军。

那四方极远之地的人被感动，一起出动，接连收复了长安和洛阳两京。

在西郊摆出祭祀的牛、酒，修复了宗庙，那丹青的颜色清楚分明。

你像匡衡和汲黯一样，不在意自己的得失荣辱；你像卫青和霍去病一样，立了大功，死后备享哀荣。

四次担任大府的府尹，三次掌管巴蜀的军队。

你曾任京兆尹，现在只剩下章台柳色；你曾经是吏部尚书，现在那里再也听不到你的脚步声。

你也曾任御史，但如今御史台只剩下一些乌鸦晨去暮来，无所事事。你也曾像后汉的张湛一样，骑着白马直谏，如今张湛的白马已不在。

你像诸葛亮一样，受到蜀人的爱戴；你像文翁一样，仁爱好教化，巴蜀的人感念你。

你来蜀地，蜀地的雪山因为你而增添了重量；当你走了，蜀地的雪山因为你的离开而变得轻飘。

你得到像何逊一样的人，做你的掌书记；你用兵有谋略，聘用像孙楚一样有本事的人。

四郊不用设置壁垒，你礼贤下士，广纳贤才，虚怀若谷。

在堂上，你指点江山，纵横捭阖；在军营里，你吹起玉笙。

成都岂是没有酒的地方？你是因为忧国忧民，所以才不能开怀畅饮。

你有时候来浣花溪看我钓鱼，有时候和我坐着，问我些生活上的俗事。

你想等到吐蕃被消灭以后，家家户户都藏有丰足的粮食。

你想以此报答明主的期望，或许还有助于弥补世上的规程。

你对国家赤胆忠心；即使受病魔摧残，你依然如此。

你像孔子的弟子颜回一样，竟然不幸早亡；你也像贾谊一样，过早去世了，只剩下一片忠贞之气。

你飘动的魂幡出了江汉之地，我这一叶孤舟还漂泊在湖湘之地。

我像马融的门客那样横放下长笛，不再吹奏；怀着怅恨，遥望你那高大的坟茔。

如今的世界上，只留下我这个你府中的老幕宾，我愧对你给我佩戴的簪缨。

为你读诗

THE POEM FOR YOU

第四章

# 病人亦强者：杜甫的力与美

说到杜甫，留给人们印象最深的，往往是一个清瘦黝黑、满脸愁苦、疾病缠身的老人形象；但读杜甫的诗歌，每到悲观绝望之处，总有一种力量催人奋进。这力量来自杜甫心中的信仰，来自他热爱的孔子、屈原、诸葛亮等英雄人物的感召，来自他脚下站立的大地、不屈不挠的人民、有灵且美的万物，也来自他笔下那些壮美、充满生命力的形象。

杜甫一直记得幼时看公孙大娘舞剑时的场景。公元767年在夔州，他回忆道：

昔有佳人公孙氏，一舞剑器动四方。

观者如山色沮丧，天地为之久低昂。

㸌如羿射九日落，矫如群帝骖龙翔。

来如雷霆收震怒，罢如江海凝清光。

观看的人那么多，却没有一点声响。人们看到剑在公孙大娘的手掌间翻舞，也看到由这剑舞创造出的力与美的新世界。那里有日落、龙的飞翔、震怒的雷霆、江海的清光……

杜甫还难以忘怀泰山，他曾在《望岳》[1]中写道：

岱宗夫如何？齐鲁青未了。

这是杜甫对泰山的第一印象。从齐地到鲁地，这片青山总不离他左右，充满他的视野。它高耸于大地之上，像某种巨大而永恒的存在。它甚至切割时间和晨昏变化，而造物主也把主要的灵秀之气给了它。

造化钟神秀，阴阳割昏晓。

杜甫哪里是在写泰山，他在写一切存在之山、永恒之山。

所有的这些山，仿佛在对作为瞬间过客的人说：“人啊，你渺小，但我伟大。你将死去，但我依然万古长青，雄伟壮丽，无惧时间的流逝。”

但杜甫并没有任何害怕的表达，他说：

会当凌绝顶，一览众山小。

这是杜甫的伟力，也是每个有大唐气象的人的伟力。对杜甫来说，山从来不是阻碍，而是鼓舞他奋发向上的动力；凭着信念、决心和勇气，不断攀爬，人终将登上顶峰，俯瞰万物。

《望岳》是杜甫年轻时的作品。这个时期，他还写了《房兵曹胡马》和《画鹰》两首诗，同样饱含生命的激情：

# 绿釉陶博山炉

房兵曹胡马

胡马大宛名，锋棱瘦骨成。

竹批双耳峻，风入四蹄轻。

所向无空阔，真堪托死生。

骁腾有如此，万里可横行。

画鹰

素练风霜起，苍鹰画作殊。

㧐身思狡兔，侧目似愁胡。

绦镟光堪摘，轩楹势可呼。

何当击凡鸟，毛血洒平芜。

无论是“所向无空阔，真堪托死生”的胡马，还是“何当击凡鸟，毛血洒平芜”的苍鹰，杜甫都被其深深吸引。他渴望成为它们，和它们一样卓越不凡。

杜甫喜欢凤凰，很小的时候，便开始吟诵它。“七龄思即壮，开口咏凤凰。”[2]凤凰是我国古代传说中的神鸟，据说它一出现，天下就会太平。杜甫越来越认为，

鎏金凤形饰件

这带来祥瑞和太平的神鸟是自己伟大抱负的象征，他后来也常以凤凰自比。

乾元二年（公元 759 年）十月，四十八岁的杜甫在从秦州流亡至同谷的途中，在一个叫凤凰村的地方落脚。那里有一座凤凰山，杜甫想象山上有一只失去母亲的小凤凰，正在垂死挣扎。他祈愿献出自己的生命，养育那只孤独无依的凤雏，以实现国家的中兴。

亭亭凤凰台，北对西康州。
西伯今寂寞，凤声亦悠悠。
山峻路绝踪，石林气高浮。
安得万丈梯，为君上上头。
恐有无母雏，饥寒日啾啾。
我能剖心血，饮啄慰孤愁。
心以当竹实，炯然无外求。
血以当醴泉，岂徒比清流。
所重王者瑞，敢辞微命休。

坐看彩翮长，举意八极周。

自天衔瑞图，飞下十二楼。

图以奉至尊，凤以垂鸿猷。

再光中兴业，一洗苍生忧。

深衷正为此，群盗何淹留。[3]

公元769年，杜甫漂泊到湖南潭州，又一次想起凤凰：

君不见潇湘之山衡山高，山巅朱凤声嗷嗷。

侧身长顾求其群，翅垂口噤心甚劳。

下愍百鸟在罗网，黄雀最小犹难逃。

愿分竹实及蝼蚁，尽使鸱枭相怒号。[4]

在山巅之上的凤凰，看见百鸟都坠入罗网，连最小的黄雀也难逃脱。它心急如焚，有心营救却无能为力，不觉悲鸣不已。它愿意把自己所吃的竹实分与蝼蚁，让它们得以生存，而不管心怀恶意的猛禽的怒吼。

# 狩猎纹铜镜

杜甫在生命的最后，仍然牵挂如蝼蚁般在危机时代活着的人们。“时代中的一粒灰，落在个人那里，可能就是一座山。”杜甫怀着悲悯之心，想通过自己的献祭，去减轻加在百鸟身上的苦难。

第二年，770 年冬天，杜甫病逝，人世的苦难并没有因为杜甫的离去而减少。

当我们打开唐诗的选集，在无数位诗人中寻找时，我们会庆幸有一位像杜甫这样的诗人。虽然他不像泰山那么雄伟高大，不像苍鹰那么勇猛敏捷，不像胡马那样疾驰过我们的生活，但他是最有力量的。

五嶽獨尊

# 欢颜居

1.《望岳》全诗及白话译文如下：

望岳

**杜甫**

岱宗夫如何？齐鲁青未了。

造化钟神秀，阴阳割昏晓。

荡胸生曾云，决眦入归鸟。

会当凌绝顶，一览众山小。

东岳泰山怎么样呢？从齐地到鲁地，都望不尽它的青青山色。

造化如此钟爱泰山，在它身上汇聚了种种神奇和灵秀，山南山北的明暗被山峰分割开来。

层层云气，涤荡胸中沟壑；极目远视，望飞鸟归巢。

一定要登上泰山的顶峰，俯瞰群山的渺小。

2.“七龄思即壮，开口咏凤凰。”出自《壮游》。全诗及白话译文如下：

壮游

**杜甫**

往昔十四五，出游翰墨场。斯文崔魏徒，以我似班扬。
七龄思即壮，开口咏凤凰。九龄书大字，有作成一囊。
性豪业嗜酒，嫉恶怀刚肠。脱略小时辈，结交皆老苍。
饮酣视八极，俗物都茫茫。东下姑苏台，已具浮海航。
到今有遗恨，不得穷扶桑。王谢风流远，阖庐丘墓荒。
剑池石壁仄，长洲荷芰香。嵯峨阊门北，清庙映回塘。
每趋吴太伯，抚事泪浪浪。枕戈忆勾践，渡浙想秦皇。
蒸鱼闻匕首，除道哂要章。越女天下白，鉴湖五月凉。
剡溪蕴秀异，欲罢不能忘。
归帆拂天姥，中岁贡旧乡。气劘屈贾垒，目短曹刘墙。
忤下考功第，独辞京尹堂。放荡齐赵间，裘马颇清狂。
春歌丛台上，冬猎青丘旁。呼鹰皂枥林，逐兽云雪冈。

射飞曾纵鞚，引臂落鹙鸧。苏侯据鞍喜，忽如携葛强。
快意八九年，西归到咸阳。
许与必词伯，赏游实贤王。曳裾置醴地，奏赋入明光。
天子废食召，群公会轩裳。脱身无所爱，痛饮信行藏。
黑貂不免敝，斑鬓兀称觞。杜曲晚耆旧，四郊多白杨。
坐深乡党敬，日觉死生忙。朱门任倾夺，赤族迭罹殃。
国马竭粟豆，官鸡输稻粱。举隅见烦费，引古惜兴亡。
河朔风尘起，岷山行幸长。两宫各警跸，万里遥相望。
崆峒杀气黑，少海旌旗黄。禹功亦命子，涿鹿亲戎行。
翠华拥英岳，螭虎啖豺狼。爪牙一不中，胡兵更陆梁。
大军载草草，凋瘵满膏肓。备员窃补衮，忧愤心飞扬。
上感九庙焚，下悯万民疮。斯时伏青蒲，廷争守御床。
君辱敢爱死，赫怒幸无伤。圣哲体仁恕，宇县复小康。
哭庙灰烬中，鼻酸朝未央。
小臣议论绝，老病客殊方。郁郁苦不展，羽翮困低昂。
秋风动哀壑，碧蕙捐微芳。之推避赏从，渔父濯沧浪。
荣华敌勋业，岁暮有严霜。吾观鸱夷子，才格出寻常。
群凶逆未定，侧伫英俊翔。

从前十四五岁的时候，我就已出入文坛。当时的文坛领袖如崔尚、魏启心，都把我看作汉代的班固、扬雄。

其实，我七岁时，就已才思敏捷，出口成章，就可吟咏凤凰。我九岁时练习书法，作品已积累成囊。

我性情豪放，又有爱喝酒的习惯，而且疾恶如仇，气质刚直。那时候我对和我年龄相仿的人早就不以为意了，结交的都是经历颇多、学识渊博的老人。

饮酒，喝到兴起时，看着天地宇宙，直觉得人间万物都俗不可耐，不值得放在眼里。我曾东游苏州，登临姑苏山上，充满了浮海远航的幻想。

直到今天我还在遗憾，当年未能真的东游扶桑。此地东晋时的两大家族——王家和谢家的风雅事离现在都很遥远了，春秋时吴王阖闾的坟墓——虎丘也已荒凉。

只有剑池的石壁依然陡峭如昔，长洲的荷花还在散发着清香。阊门还嵯峨地屹立在北面，太伯庙倒映在一池清塘里。

每当我去凭吊吴太伯，想起他让位于弟而避走远乡的故事就忍不住流下眼泪。我想起卧薪尝胆、枕戈雪耻的越王勾践，还有那曾游会稽、渡浙江的秦始皇。

专诸在蒸鱼里藏下匕首，趁机刺杀吴王；朱买臣的前妻和丈夫清除道路，迎腰挂印绶的朱买臣还乡。江浙一带的女子皮肤洁白，真是天下无双。那鉴湖的水啊，在仲夏时仍宜人清爽。

剡溪蕴藏着多么奇异秀美的风光，我留恋于此，无法忘怀。

归乡的船帆打天姥山经过，二十四岁（中岁）时，我又回到了我的家乡河南巩县，以乡贡上京参加进士考试。我的文章可以与屈原、贾谊匹敌，可以俯视曹植、刘桢之辈。

谁知我的诗文不合时宜，名落孙山，但我毫不在乎，我独自拜辞了京尹的厅堂。放荡在齐赵之地，轻裘肥马，自在清狂。

在从前赵王兴建的丛台上引吭高歌，冬天去齐景公曾经狩猎过的青丘打猎。在皂枥林中，呼鹰逐兔，在云雪冈上，骑着马追逐野兽。

在疾驰的马上射飞鸟，一扬手，箭飞出去，鸟应声而落。我的老朋友苏预跨在马鞍上惊喜异常。我忽然觉得，我像是晋朝的山简，而山简的爱将葛强不就像我的老朋友苏预吗?

就这样痛痛快快地度过了八九年的时光，我又向西回到了咸阳。

当时与我交游的都是文坛巨手，与我同游的是贤明的亲王。我曳着衣襟出入于豪侈的酒宴，在明光宫里向皇帝献上《三大礼赋》那华美的赋章。

皇帝竟因此而废食召见我,集贤学士们都肃立两旁。谁承想，只给了我河西尉的小官，我辞掉了这个官职，从此醉饮，以酒浇愁。

我如苏秦般不得志，白白使黑貂皮的衣裳残破了。我已是鬓发斑白，依旧痛快喝酒。我晚年住在长安的杜曲，老辈人相继谢世，坟墓多起来，四郊又栽种了许多白杨。

我除了因为年岁大，受到乡里的尊敬之外，便一事无成。我越来越觉得，岁月飞逝，生死匆忙。朝廷里的权贵们互相倾轧，你争我夺；灭族的事情接连不止，今天这家灭门，明天那家又受祸遭殃。

宫廷为喂养会跳舞的“国马”耗尽豆囤谷仓，又为那善斗的“官鸡”浪费大量的稻米谷粱。就举这一件事情，其他方面的奢侈浪费就可以知道了。根据勤俭必兴、奢侈必亡的历史经验，不能不令人感叹国家的兴亡。

安禄山叛乱，起兵河北；老皇帝玄宗避难四川，路途漫长。玄宗和肃宗，一个在成都，一个在灵武，南北二宫各自戒备森严，相距万里，遥遥相望。

崆峒山弥漫着战斗的烟尘，少皇帝的黄色旌旗在飘扬。大禹功勋卓著也传位给他的儿子，少皇帝（亲自出征）就像黄帝讨伐蚩尤那样。

皇家的翠羽华盖布满吴山，像威武的螭虎要吃掉豺狼。可惜伸出爪牙没有击中敌军，反使胡兵更加猖狂。

官军草草备战又战败，天下的凋敝病苦已入膏肓。我虚占着左拾遗的官职，要替皇帝分忧、忧国愤世的心情游荡飞扬。

向上感伤九庙被焚毁，于下哀怜万民遭创伤。这时我跪伏在朝廷薄垫之上，向坐在御床上的皇帝苦苦谏诤。

君王遭到羞辱，臣下自不敢爱惜生命；圣上盛怒，我幸运地没受到伤害。皇帝聪慧心明，宽宏大量，使宇内州县恢复了小康。

臣下哭祭已成为废墟的庙堂，鼻酸泪流朝觐于未央。

小臣对国事的议论已绝于口，只因年老多病作客他乡。郁郁不得志使眉难展，就像衰弱的鸟儿难以展翅翱翔。

萧瑟秋风吹动山谷起哀音，青青的蕙草也失去微薄的芳香。介之推躲避赏赐隐居深山，渔父淡泊名利濯足沧浪。

荣华富贵可以与勋业匹敌，但到了岁末就要提防严霜损伤。我看急流勇退改名鸱夷子的范蠡，才智人格都不同寻常。

群凶叛乱尚未平定，我侧身伫盼，只要有人为国平定叛乱，我希望他们展翅飞翔！

3. 出自《凤凰台》。全诗及白话译文如下：

凤凰台

**杜甫**

亭亭凤凰台，北对西康州。

西伯今寂寞，凤声亦悠悠。

山峻路绝踪，石林气高浮。

安得万丈梯，为君上上头。

恐有无母雏，饥寒日啾啾。

我能剖心血，饮啄慰孤愁。

心以当竹实，炯然无外求。

血以当醴泉，岂徒比清流。

所重王者瑞，敢辞微命休。

坐看彩翮长，举意八极周。

自天衔瑞图，飞下十二楼。

图以奉至尊，凤以垂鸿猷。

再光中兴业，一洗苍生忧。

深衷正为此，群盗何淹留。

高耸的凤凰台，北对着西康州。

周文王早已死去，凤凰的鸣叫也听不见了。

山路是如此险峻，没有人迹，石峰聚如林，云气在其上高高飘浮。

从哪里能得到万丈的梯子，让我登上绝顶。

恐怕那上面有失去母亲的凤雏，忍饥挨饿，嗷嗷待哺。

我要把自己的心剖出来，让鲜血流淌，喂养它，安慰它。

把我的心当作竹实，不假外求。

把我的血当作醴泉，它的效果比清泉更好。

凤雏长大就变成凤凰，像王者祥瑞一样宝贵，我不惜为此牺牲我的生命。

看着凤雏长出美丽的羽翼，在四方八极任意遨游、飞翔。

它将祥瑞之图衔在口里，自天界飞向人间。

把图献给至尊，盛德永垂后世。

为中兴大业立下功劳，一洗天下苍生的忧愁。

我甘剖心血喂养凤雏，正是为了国家中兴、人民康乐，那群盗为什么仍久久不被清除？

4. 出自《朱凤行》。全诗及白话译文如下：

朱凤行

**杜甫**

君不见潇湘之山衡山高，山巅朱凤声嗷嗷。

侧身长顾求其群，翅垂口噤心甚劳。

下愍百鸟在罗网，黄雀最小犹难逃。

愿分竹实及蝼蚁，尽使鸱枭相怒号。

你难道看不见潇湘群山中那高高的衡山吗？在那山顶上凤凰在哀鸣。

它转过身久久眺望，寻找同伴，它翅膀垂着，口闭着，心中焦虑而愁苦。

它怜悯那许多还陷在罗网里的鸟儿，尤其是黄雀，它虽然最小，仍难逃脱。

它愿意把自己的竹实分与蝼蚁，尽管让凶恶的鸱鸮去怒号。

为你读诗

THE POEM FOR YOU

为你读诗
THE POEM FOR YOU

第五章

# 幽默：人生是含泪的微笑

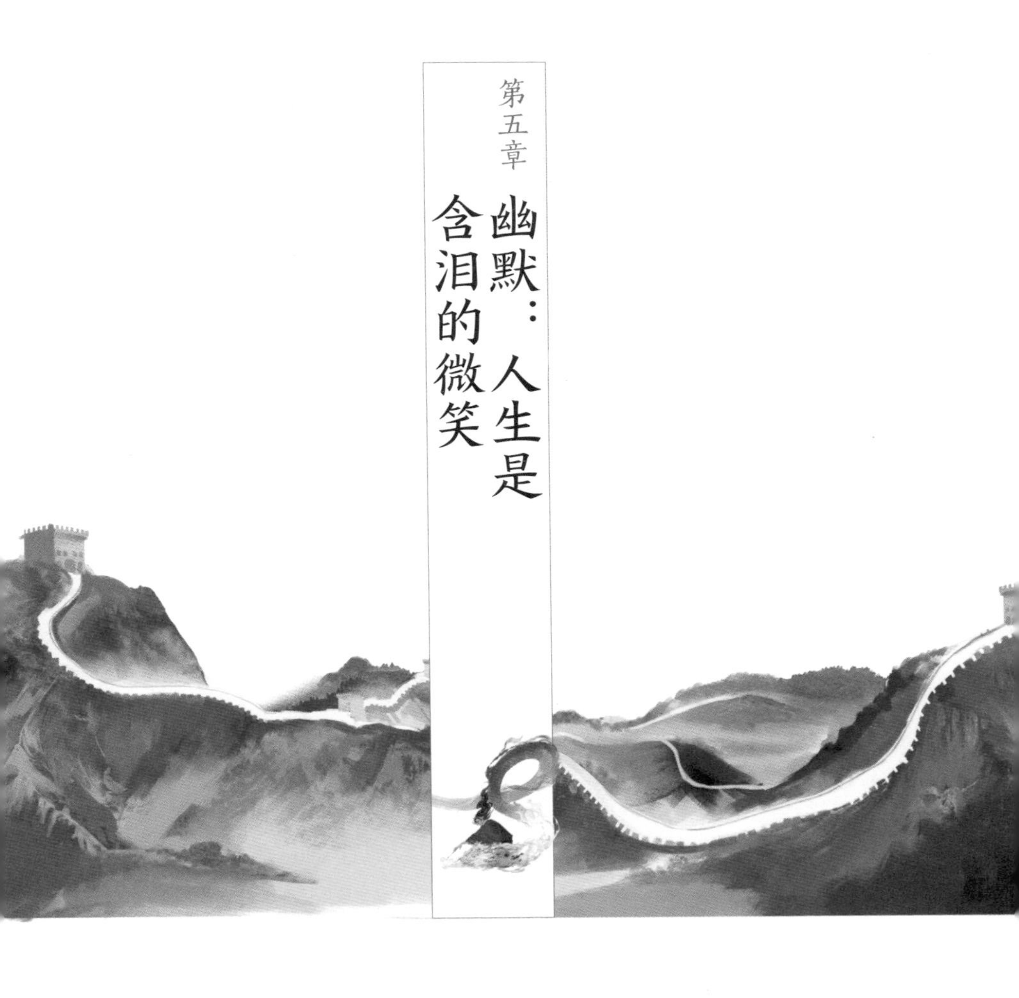

很多人觉得杜甫是愤怒的、悲伤的、愁苦的，杜甫的幽默被忽视了。

杜甫曾以幽默之笔刻画出在长安生活过的、最生动有趣的八个酒徒。

他写诗人贺知章喝醉酒，不小心掉到井里竟然还能在井里熟睡。“知章骑马似乘船，眼花落井水底眠。”[1]

他写唐玄宗的侄子汝阳王李琎，看到路上运酒的车都流口水，恨不得要皇帝把自己的封地迁到甘肃酒泉，因为听说那里“城下有金泉，泉味如酒，故名酒泉”。

他还写李白、张旭等人：“李白一斗诗百篇，长安市上酒家眠。天子呼来不上船，自称臣是酒中仙。张旭三杯草圣传，脱帽露顶王公前，挥毫落纸如云烟……”因为酒和杜甫的这首诗，我们记住了这八个人。他们展

# 鎏金嵌珠宝玉带饰

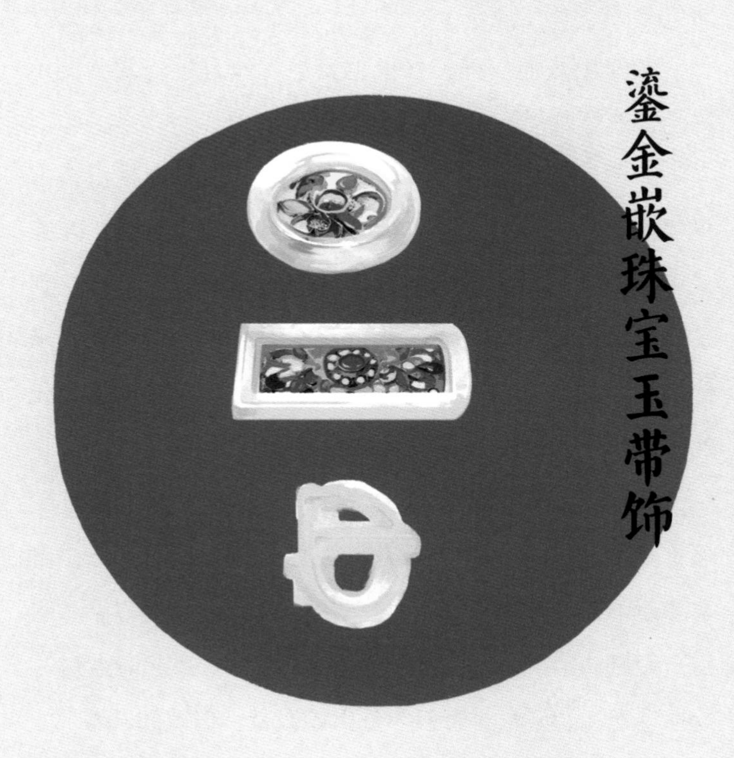

示出自己生命中最幽默、最光彩照人的一面，也成为盛唐气象的一个注脚。

和饮中八仙一样，杜甫也爱酒，他有过一次哭笑不得的饮酒体验。

一次，他路遇一个耕田的老翁。老翁邀请杜甫去家里喝酒。杜甫很高兴，以前都是自己到处讨酒喝，今天太阳也许从西边出来了，这送上门的好事哪能错过？到了家里，田翁说起自己的儿子服役很久，终于被放回来侍奉年迈的双亲。有了这样的喜事，他希望杜甫也能和他一起分享喜悦。

杜甫更不能拒绝了。就这样，这位田翁一边夸赞父母官严武，一边劝杜甫喝酒，从早上喝到晚上，月亮出来了还不让杜甫走。“酒酣夸新尹，畜眼未见有”，“叫妇开大瓶，盆中为吾取”，“高声索果栗，欲起时被肘。指挥过无礼，未觉村野丑。月出遮我留，仍嗔问升斗”[2]。

杜甫觉得田翁可爱，心里却在想：“什么时候才不要我陪酒，放我回家啊？”

像田翁这样有趣的人，杜甫还遇到不少。但在杜甫

# 团窠联珠花树对鹿纹锦帽

的许多诗歌里，更多的是自嘲。

他在《陪李金吾花下饮》[3]一诗里，写自己陪一位官员李金吾饮酒，真是痛苦。

在花下，又在景色宜人之地，如此良辰美景，正好大醉一场，但杜甫没有这样的心情。这位叫李金吾的主人对他并不热情，而且如果自己深夜喝醉，犯了宵禁之罪，主人定会呵斥怪罪，因为金吾正负责皇帝大臣警卫、仪仗以及巡查京师、掌管治安的工作。

如此想来想去，杜甫喝酒喝得好无聊：

胜地初相引，徐行得自娱。
见轻吹鸟毳，随意数花须。
细草称偏坐，香醪懒再酤。

杜甫没有喝酒，却在数花须。花须本来就极其多，这得数到什么时候？无趣，无聊，宾主没什么话说，杜甫又不好意思走。有好酒是没错，而且酒香正往鼻子里蹿，但杜甫不能喝，不敢喝。最后杜甫说：

醉归应犯夜，可怕李金吾。

我想，以后即使用八抬大轿来抬，杜甫也一定不会再去喝这样的酒。

杜甫到处蹭酒喝，也是没办法，实在是因为太穷。有段时间他穷得叮当响，但还在裤兜里留一文钱，显得很有钱的样子。

翠柏苦犹食，明霞高可餐。

世人共鲁莽，吾道属艰难。

不爨井晨冻，无衣床夜寒。

囊空恐羞涩，留得一钱看。

不停地看口袋里仅有的一文钱，舍不得花掉它，这很幽默，也很心酸。明朝有部杂剧，也是讲一文钱，主人公却是一个富甲天下的人。他见了钱，犹如蚊子见了血。

在捡了一文钱后，他算计很久才终于花出去，买了点芝麻，又生怕狗和鸟与他争食，便偷偷躲到山上去吃。

穷人和富人，对一文钱有着不同的占有欲，让人不禁想起卓别林的喜剧。最打动人心的幽默，往往是笑中带泪，泪中含笑。

我们能想象，杜甫一定把这文钱数了又数，盘算了又盘算，但还是不敢花掉它。经历过贫困的人，是会懂得杜甫的幽默的。

因为处境艰难，杜甫常得亲戚朋友、邻里街坊的帮助。有人许诺送给杜甫一些粮食，但迟迟没送来。杜甫家里实在无米下锅，他只好写诗提醒，说：“你答应送米给我，为什么迟迟不送来呢？你一定是看到我老了，特意把米舂得细一点，所以耽搁了时间。谢谢你啊，我这个老人平时最爱的就是这么细的黄米饭，想着想着仿佛黄米饭已滑动在羹匙上，就要到我的口里来了。”

已应舂得细，颇觉寄来迟。

开元通宝

味岂同金菊，香宜配绿葵。

老人他日爱，正想滑流匙。

心怀感恩，不卑不亢，把乞食描述得如此富有诗情画意，任是什么铁石心肠的人读了这首诗，一定会马上给杜甫送米吧。

杜甫还喜欢春天，但他说春天是无赖，不请自来，又说它太轻率，太莽撞，还找来黄莺打扰自己的心绪。

眼见客愁愁不醒，无赖春色到江亭。

即遣花开深造次，便教莺语太丁宁。[4]

杜甫还想拉着春风吵架，因为春风把他种的桃李都吹折了。“手种桃李非无主，野老墙低还是家。恰似春风相欺得，夜来吹折数枝花。”

这是一个幽默的杜甫，一个嘴里说着生气心里却一片赤诚的杜甫。喜欢春天，不足以表达他的心境。应该说，对于春天和花朵，他无比热爱。

看到桃花开了，他应接不暇，不知道该先看哪一朵，不知道该先爱哪一片。“桃花一簇开无主，可爱深红爱浅红。”

他还想和那些嫩蕊商量一下，要它们慢点开放，这样自己就能看久一点。他对春天和花朵不停地唠叨，自言自语，不管它们是否懂一个老人的心意。“不是爱花即欲死，只恐花尽老相催。繁枝容易纷纷落，嫩蕊商量细细开。”

杜甫很伟大，也很渺小；很神圣，也很普通；很严肃，也很幽默。但如果把他供奉起来，给一顶“诗圣”的帽子，只用于仰望，那我们就只能得到一个单面、枯燥、无趣的杜甫了。

所以，再读读杜甫的诗歌吧，让我们自己去分辨他的模样。有的人，你阅读他写的文字，读得越多，就越喜欢这个人，希望认识他——杜甫就是这么一个人。

如果有机会，我真希望看到那个幽默的杜甫，魂兮归来！

# 欢颜居

1. 出自《饮中八仙歌》。全诗及白话译文如下：

饮中八仙歌

**杜甫**

知章骑马似乘船，眼花落井水底眠。

汝阳三斗始朝天，道逢曲车口流涎，恨不移封向酒泉。

左相日兴费万钱，饮如长鲸吸百川，衔杯乐圣称避贤。

宗之潇洒美少年，举觞白眼望青天，皎如玉树临风前。

苏晋长斋绣佛前，醉中往往爱逃禅。

李白一斗诗百篇，长安市上酒家眠。

天子呼来不上船，自称臣是酒中仙。

张旭三杯草圣传，脱帽露顶王公前，挥毫落纸如云烟。

焦遂五斗方卓然，高谈雄辩惊四筵。

贺知章骑在马上摇摇晃晃，像在乘船。他醉眼昏花，坠入井中，能在井底安眠。

汝阳王李琎喝了三斗酒以后才去朝见天子，路上见了酒车还馋得流口水，恨不能将自己的封地移到酒泉郡。

左丞相李适之爱好招待宾朋，不惜日费万钱，饮酒如长鲸吞吸百川之水，举杯豪饮是为了让贤。

崔宗之是一个潇洒的美少年。他把酒望天的傲岸神态，以及玉树临风的摇曳姿态，让人难忘。

苏晋本是吃长斋的虔诚的佛教徒，可是喝醉酒后常常把佛门戒律忘得一干二净。

李白饮一斗酒，便能写出百首诗篇。他去长安街酒肆饮酒，常常醉眠于酒家。

天子召他，他因酒醉不肯上船，自称酒中之仙。

张旭饮酒三杯，便挥毫泼墨，他“草圣”的名声也得以流传。他常脱帽露顶，在王公贵族面前不拘礼仪，挥笔疾书，如有神助，书法好像泼在纸张之上的云烟。

焦遂喝了五斗酒以后，才卓然起兴，高谈雄辩，常常在酒筵上语惊四座。

2. 出自《遭田父泥饮美严中丞》。全诗及白话译文如下：

遭田父泥饮美严中丞

**杜甫**

步屧随春风，村村自花柳。

田翁逼社日，邀我尝春酒。

酒酣夸新尹，畜眼未见有。

回头指大男，渠是弓弩手。

名在飞骑籍，长番岁时久。

前日放营农，辛苦救衰朽。

差科死则已，誓不举家走。

今年大作社，拾遗能住否？

叫妇开大瓶，盆中为吾取。

感此气扬扬，须知风化首。

语多虽杂乱，说尹终在口。

朝来偶然出，自卯将及酉。

久客惜人情，如何拒邻叟？

高声索果栗，欲起时被肘。

指挥过无礼，未觉村野丑。

月出遮我留，仍嗔问升斗。

穿着草鞋信步欣赏春景，村村一片花红柳绿。

田翁说春社临近了，邀我去他家尝尝春酒。

酒喝得尽兴的时候，他赞颂新上任的成都府尹，说：“从未见过这样的好官。”

回头指着大儿子对我说：“他是被征去当兵的弓箭手。

“名字登在飞骑兵的军籍上，服兵役的时间也很长。

“前几日放他回来，帮助我从事农耕生产，这才救了我。

“差役、赋税哪怕重得逼死人，我发誓也不把全家搬走。

“今年社日，要大大地热闹一番，不知您能否在这

里留宿？”

接着他呼喊妻子把大瓶打开，将酒倒入盆中，再帮我从盆子中取酒。

这种扬扬的意气令人感动，为政的首要任务的确是靠德行感化民众啊。

他的话很多，虽然很杂乱，但因为感激，所以句句话总离不开成都府尹。

我清晨出游，偶然来到田翁的家，却从卯时一直喝到了酉时。

打扰田翁一天还没走，不是因为贪杯，而是因为长久作客异乡，深感人情之可贵。

他高声叫人拿取果栗，我几次要起身告辞，又屡次被他拖住。

他指手画脚，非常无礼，但我并不觉得田翁粗鄙和呆丑。

月亮出来了，他还一再挽留我，还生气地说：“酒有的是，您能喝几升几斗。”

3.《陪李金吾花下饮》全诗及白话译文如下：

陪李金吾花下饮

**杜甫**

胜地初相引，徐行得自娱。

见轻吹鸟毳，随意数花须。

细草称偏坐，香醪懒再酤。

醉归应犯夜，可怕李金吾。

这么著名的地方，得蒙李金吾李公您的接待，我才得以初次游览此地。

缓步徐行，看那微风吹起鸟儿的细毛。随意走动，细数那花蕊的细须。

小草细软，特别适宜人席地而坐。酒香扑鼻，懒得再去沽取。

大醉归来，应该会违犯宵禁。面对您这查夜的官员，我还真有点害怕。

4. 出自《绝句漫兴九首（其一）》。全诗及白话译文如下：

绝句漫兴九首（其一）

**杜甫**

眼见客愁愁不醒，无赖春色到江亭。

即遣花开深造次，便教莺语太丁宁。

眼见客人正沉溺于愁思中不能自拔，恼人的春色还是贸贸然来到江亭。

过于急迫地打发花儿匆匆开放，又让黄莺鸣唱个不停。

为你读诗

THE POEM FOR YOU

为你读诗

THE POEM FOR YOU

第六章

# 『负能量』：如何正确地爱国

杜甫是很爱唐朝的。

杜甫喜欢唐朝的美食，比如鱼脍。

唐人把细切生鱼片叫作“鱼脍”，这和今天日本人的生鱼片还不太相同。

杜甫有首诗叫《阌乡姜七少府设脍戏赠长歌》[1]，写冬天在河南阌乡（今河南灵宝），少府姜公派人从结冰的黄河里凿冰捕鱼，让厨师当场制作鱼脍款待杜甫和其他客人。整个过程，杜甫看得如痴如醉，“无声细下飞碎雪”“放箸未觉金盘空”。厨师以高超的刀工切脍，鱼片如雪花般飞落，食客把盘子里的鱼脍一抢而空，也不知道杜甫夹到几片？

杜甫还喜欢唐朝的绘画、书法、舞蹈等艺术。

在玄元皇帝庙，他看到吴道子描绘唐代五位帝王朝

# 金筐宝钿裙饰

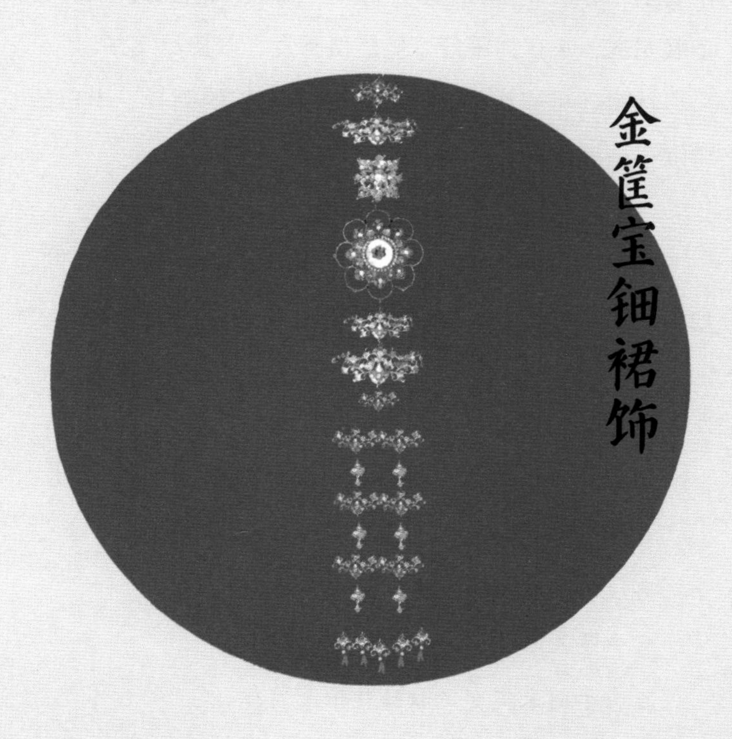

拜老子的《五圣朝元图》，佩服不已，写诗赞叹：“画手看前辈，吴生远擅场。森罗移地轴，妙绝动宫墙。五圣联龙衮，千官列雁行。冕旒俱秀发，旌旆尽飞扬。”

杜甫还推崇张旭的草书、公孙大娘的剑舞、李白的诗歌……而这些，都是唐朝最辉煌灿烂的成就。

杜甫的青少年时代正处在唐朝的巅峰——开元盛世，他为此而骄傲，并一生念念不忘。

忆昔开元全盛日，小邑犹藏万家室。

稻米流脂粟米白，公私仓廪俱丰实。

九州道路无豺虎，远行不劳吉日出。

齐纨鲁缟车班班，男耕女桑不相失。

宫中圣人奏云门，天下朋友皆胶漆。

百余年间未灾变，叔孙礼乐萧何律。[2]

这样的国家，这样的时代，这样国泰民安、国富民强的唐朝，谁不爱呢？

但我们在杜甫的诗歌里看到更多的是他对朝廷的愤怒和控诉：

他写朝廷的官员大都尸位素餐，巴结逢迎。“攀龙附凤势莫当，天下尽化为侯王。”

他写将帅的无能导致无辜的士兵白白牺牲。“孟冬十郡良家子，血作陈陶泽中水。野旷天清无战声，四万义军同日死。”

他甚至指名道姓，批评皇帝的政策：“边庭流血成海水，武皇开边意未已。”他更在著名的“三吏三别”中，对朝廷的征兵政策发出质疑。

他路过骊山，得知唐玄宗李隆基正陶醉在华清宫的声色享乐中，把从民间搜刮来的财物肆意赐予，于是写诗控诉道：“彤庭所分帛，本自寒女出。鞭挞其夫家，聚敛贡城阙。”

同时，杜甫想起长安街头饥饿的黎民，心头涌出这样的句子：

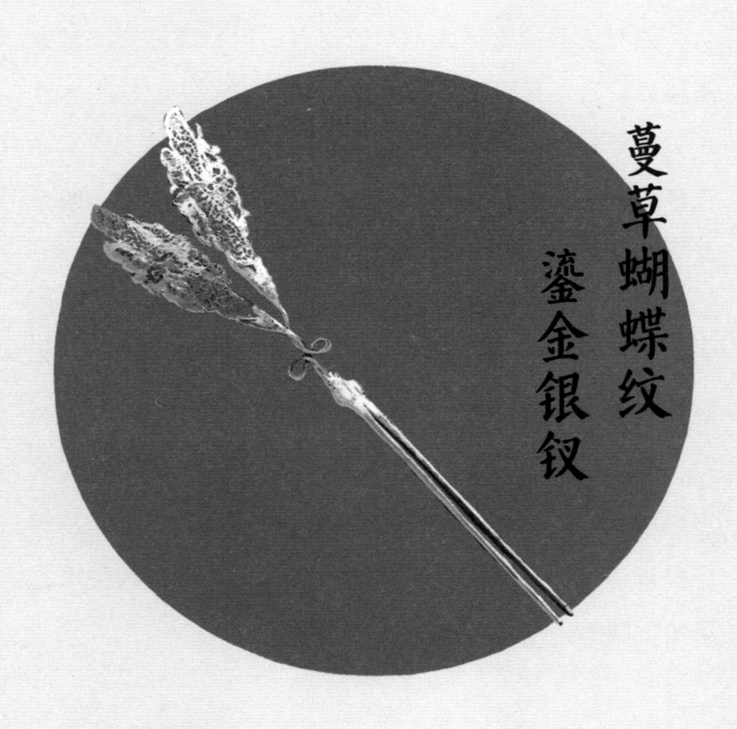
蔓草蝴蝶纹
鎏金银钗

朱门酒肉臭，路有冻死骨。

因为这流传千古的名句，大唐王朝的民生工作都被杜甫“抹杀”了。

杜甫一生中说了很多批评政府和皇帝的话。我们不禁想问，杜甫到底爱唐朝吗？

站在李唐王朝的角度，杜甫其实从这个政权中获得了很多好处。

学者冯至在《杜甫传》里说，杜甫出身于一个有悠久传统的官僚家庭，这样的家庭有田产，不必纳租税，丁男不必服兵役，也享有很多封建特权。杜家和名门士族通婚，遵守儒家的礼教，专门辅助帝王，统治人民。

等到杜甫出生，他家族的声势渐渐衰落，但仍为乡里所看重，也依然有免除各种租税徭役的特权。这已经比很多贫困失业人员和服兵役的家庭好太多了。

当然，杜甫也有委屈。他曾经参加“制举”考试，本来有希望考得功名，但奸相李林甫[3]向唐玄宗宣称“野

# 孔雀冠击鼓骑马女俑

无遗贤”，导致杜甫和其他举人一起落榜。

杜甫客居长安十年，仕途失意，郁郁不得志，过着贫困的生活。后来，他献了《三大礼赋》[4]，得到玄宗的赏识，命待制集贤院，但又因为李林甫从中作梗，还是没有得到官职。

到了肃宗朝，杜甫终于时来运转，他被授予左拾遗。如果好好干，他是可以飞黄腾达的。

但杜甫一心想“致君尧舜”，从小受到的儒学教育不允许他只顾一己私利，皇帝一有缺失他就要不计后果地指出。宰相房琯[5]被贬外任，杜甫觉得这有失公允，冒死进谏，惹怒了肃宗，最后出为华州司功参军。

这是杜甫在中央任职的结束。离开中央，就说明他退出了政治中心，此后不能再影响皇帝和中央政权了。

杜甫亲手毁掉了自己的功名和前途。他当然知道功名和前途对自己有多重要，但他不想违背自己的心意去获得。

不久，出于对政治的失望，他又放弃了华州司功参军这个职位。后来，他到成都，好朋友严武出于怜惜和

敬重，给皇帝上表，杜甫得了工部员外郎的官职，但最后他还是辞了官职，回到了浣花溪畔的草堂。

杜甫一再辞去官职，把自己放逐在血泪斑斑的人民之中。人民如何生活，他也如何生活，他成了人民的代言人。

杜甫年轻时读书，特意选择在河南偃师的首阳山下，那里有先祖杜预[6]和杜审言[7]的坟墓。一个家族的目光仿佛始终注视着杜甫。“不敢忘本，不敢违仁”，这是杜甫对着先祖墓地发出的誓言。

杜甫一生，也践行着这句誓言。而苦难，又使他看清了这个时代的真相：

多士盈朝廷，仁者宜战栗。

官员如果只对政权阿谀逢迎，大唱赞歌，而对苦难熟视无睹，那他就不是一个合格的官员。而杜甫见到丑恶和不公，从来都是寝食难安、辗转反侧的，所以他要批评、质疑和呼号。

即使杜甫离开了朝堂，不再是官员的一分子，他也不能停止自己的批评。如果有人劝杜甫："你就不能闭嘴啊，谁会听你的呢？你不能隐居吗？不能移民吗？不能从此不问世事吗？"

杜甫会怎么回答呢？

我想，杜甫仍然不会放弃。国家对他来说，不是一个租住的房间，环境恶劣就搬走。国家是他和无数黎民百姓的家园，环境愈是艰难，他愈要留下来，把国家建设得更好。因为他说：

葵藿倾太阳，物性固难夺。

他爱国的秉性就像向日葵永远朝着太阳，是不可能被改变的。

英国作家切斯特顿说："你若真正爱一样东西，美丽是你爱它的原因，糟糕是你更爱它的原因。"[8]对杜甫来说，他对国家乐观和悲观的看法，全都是他热爱大唐、热爱国家的理由。

一千多年来，我们尽管知道有安史之乱，有“朱门酒肉臭，路有冻死骨”，但依然想梦回唐朝，不是因为唐朝天生的伟大，而是因为尽管它有这么多的不幸，但还是有无数像杜甫这样的人深深地爱着它。

事实上，有爱，这是唐朝伟大的原因之一。

为你读诗

THE POEM FOR YOU

# 欢颜居

1.《阌乡姜七少府设脍戏赠长歌》全诗及白话译文如下：

阌乡姜七少府设脍戏赠长歌

**杜甫**

姜侯设脍当严冬，昨日今日皆天风。

河冻未渔不易得，凿冰恐侵河伯宫。

饔人受鱼鲛人手，洗鱼磨刀鱼眼红。

无声细下飞碎雪，有骨已剁觜春葱。

偏劝腹腴愧年少，软炊香饭缘老翁。

落砧何曾白纸湿，放箸未觉金盘空。

新欢便饱姜侯德，清觞异味情屡极。

东归贪路自觉难，欲别上马身无力。

可怜为人好心事，于我见子真颜色。

不恨我衰子贵时，怅望且为今相忆。

我来到阌乡，正是严冬时节，姜少府设下鱼脍宴款待我。昨天和今天，大风连刮了两日。

黄河冻住了，鱼不容易得到。想有鱼吃，只有凿开冰河，而凿冰恐怕会惊动河神的王宫。

鱼被渔夫送到厨师手中。洗好鱼，用刚磨好的刀把鱼剥开，鱼很新鲜。

厨师悄无声息地快刀细切，嫩白的鱼片如碎雪一样飞出。鱼骨都已剔尽，鱼片夹着青葱。

我年纪大了，主人做了软而香的米饭给我吃，还劝我吃鱼肚下的肥肉。

从砧板上取下放在白纸上的鱼脍还未把纸沾湿，不知不觉间金盘就已经空了。

我与姜少府结识不久，就饱受恩惠，享用如此的美酒佳肴，盛情难得。

我要东归洛阳，着急赶路，但实在不忍分别。

你能真情实意地待我，真是好人。

如今我衰败，而你富贵，你不嫌弃我；这将成为我

永久的记忆，在以后的日子里我会把你想念。

2.出自《忆昔二首(其二)》。全诗及白话译文如下:

忆昔二首（其二）

**杜甫**

忆昔开元全盛日，小邑犹藏万家室。

稻米流脂粟米白，公私仓廪俱丰实。

九州道路无豺虎，远行不劳吉日出。

齐纨鲁缟车班班，男耕女桑不相失。

宫中圣人奏云门，天下朋友皆胶漆。

百余年间未灾变，叔孙礼乐萧何律。

岂闻一绢直万钱，有田种谷今流血。

洛阳宫殿烧焚尽，宗庙新除狐兔穴。

伤心不忍问耆旧，复恐初从乱离说。

小臣鲁钝无所能，朝廷记识蒙禄秩。

周宣中兴望我皇，洒血江汉身衰疾。

回忆从前开元盛世的时候,小城市里也有万户人家。

农业生产丰收，稻粟颗粒饱满圆润，储藏米粮的仓库也非常充实。

社会秩序安定，天下太平，没有盗贼横行；不必选择好日子，随时可以出门远行。

手工业和商业发达，商贾贩运山东一带产的绢，车马络绎不绝于道。男耕女桑，各安其业，各得其所。

宫中天子奏《云门》乐曲以敬天祭祖，一派太平祥和的景象。人与人之间的关系融洽，和平友善。

唐朝开国以来，百余年间没有发生过什么大的灾祸。国家政治昌明，好像大汉盛世。

哪里知道安史之乱来了，物价飞涨，一匹绢就要万贯钱，原本种稻谷的田地如今流满鲜血。

洛阳的宫殿被焚烧殆尽，吐蕃攻陷长安，盘踞半月后离开，之后代宗又回到长安。

不敢跟年高望重的人谈起往事，怕他们又从安禄山攻陷两京说起，惹得彼此伤心。

小臣我愚钝，没有能力，承蒙朝廷记得，授予我俸禄和官阶。

希望当代皇帝能像周宣王那样中兴我朝。在江汉流

域身体衰朽的我，无比盼望。

3. 李林甫（？—752），小字哥奴，陇西成纪（今甘肃秦安）人，唐朝宗室、宰相。为相十九年，权势熏天，政事败坏。对人表面友好，暗中陷害，被形容为“口蜜腹剑”。

4.《三大礼赋》是唐代杜甫的三篇赋作，即《朝献太清宫赋》《朝享太庙赋》《有事于南郊赋》。

5. 房琯（697—763），字次律，河南（今河南洛阳）人，唐朝宰相，正谏大夫房融之子。

6. 杜预（222—284），字元凯，京兆郡杜陵县（今陕西西安东南）人，西晋军事家、经学家、律学家，曹魏散骑黄门侍郎杜恕之子。博学多通，多谋略，当时号称“杜武库”。

7. 杜审言（约645—708），字必简，祖籍襄阳（今属湖北），迁居河南巩县（今巩义西南），杜甫祖父，唐代诗人。唐咸亨元年进士及第，曾任隰城尉、洛阳丞等官职。诗才方面，与李峤、崔融、苏味道合称“文章四友”，是唐代近体诗的奠基人之一，著有《杜审言诗集》。

8.“你若真正爱一样东西，美丽是你爱它的原因，糟糕是你更爱它的原因。”出自英国作家、文学评论家切斯特顿的《回到正统》一书。切斯特顿写作风格多样，文笔轻盈，文学批评颇获称誉。切斯特顿在侦探小说领域也颇有建树，创造出“布朗神父”这位现代犯罪文学中不朽的教士侦探形象，深受读者喜爱。

为你读诗

THE POEM FOR YOU

# 第七章

# 生活：我所爱的，就是这样的日常

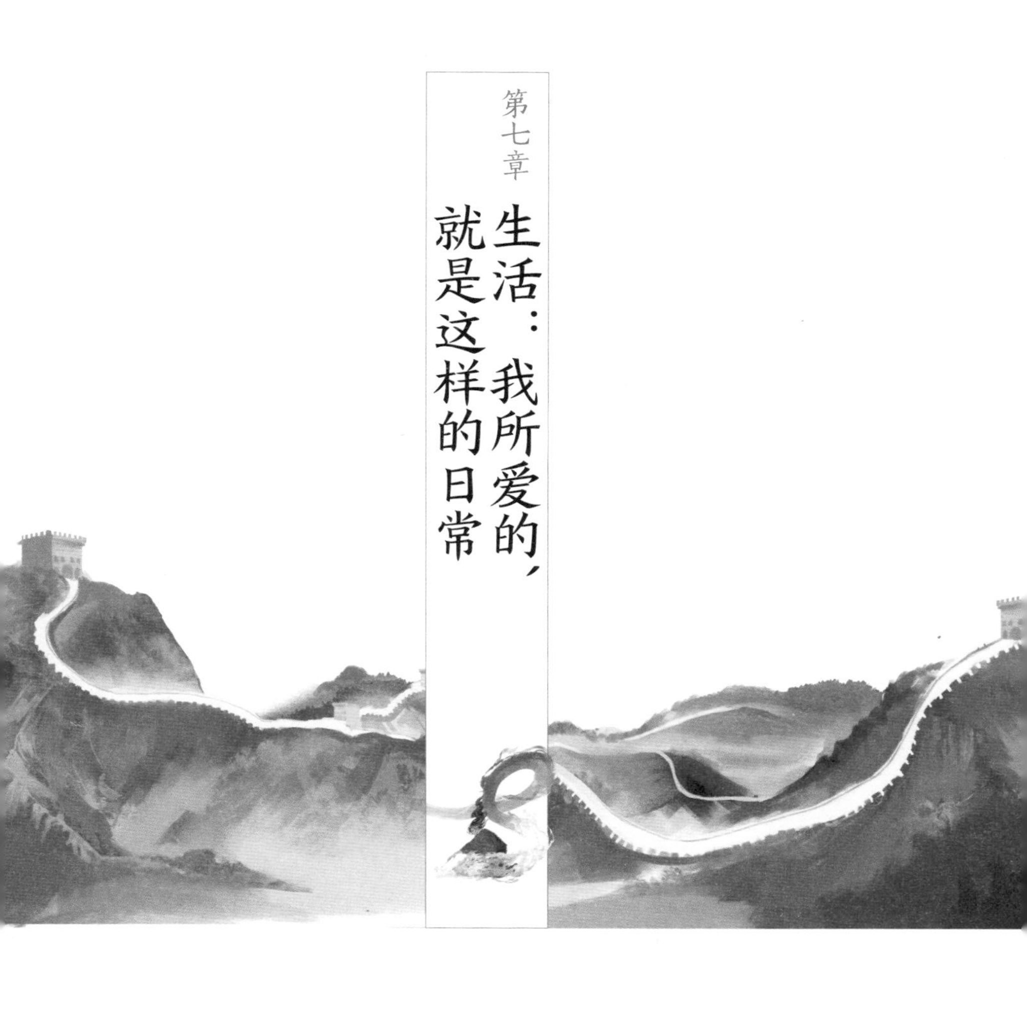

在很多唐朝诗人那里，我们知道他们爱喝酒，爱幻想，爱旅行，爱交友，但他们究竟是如何生活的，我们不知道。杜甫不一样，他对日常生活有着巨细无遗的记录。我们清清楚楚地认识他这个人，了解他的日常生活。

杜甫有一位相濡以沫的妻子。在杜甫之前，诗歌中提及妻子的诗人很少。到了杜甫这里，他写给妻子的诗歌数量有了飞跃性增长。

在长安，杜甫挣扎十年，最后才有了一个政府小公务员的头衔，他觉得对不住妻子，“老妻寄异县，十口隔风雪。谁能久不顾，庶往共饥渴”[1]。他被放还回乡去看望妻子，在乱世中，一家人终得团聚，却不敢相信这是真的，“夜阑更秉烛，相对如梦寐”。从此，他和妻子很少分离，却一直过着奔波的日子。杜甫觉得愧对妻子，

“何日干戈尽，飘飘愧老妻”[2]。妻子对杜甫则无怨无悔，不离不弃。

杜甫也爱自己的孩子。他历经千辛万苦，刚进家门，便听到“幼子饿已卒”的噩耗。这个消息如晴天霹雳，让杜甫深深自责，“所愧为人父，无食致夭折”。杜甫在京城谋生，一方面是为了自己的理想，另一方面也是为了养家。然而，他还是没有挽回幼子的生命。

杜甫从此倍加珍惜和妻儿在一起的时光，妻儿不仅分担了他漂泊的痛苦，也给他带来快乐。哪怕是下棋敲针这样的小事，杜甫也在诗里珍之重之地记录：“自去自来梁上燕，相亲相近水中鸥。老妻画纸为棋局，稚子敲针作钓钩。”

杜甫也看重与亲人之间的血缘感情。他久无弟弟的消息，又听说胡人到处残杀，很为弟弟担忧。当他终于收到报平安的家信，十分欣慰，兴奋地写了好几首关于得弟消息的诗，“近有平阴信，遥怜舍弟存”[3]，杜甫又担心自己死期难料，不能与弟弟相会了，“不知临老日，

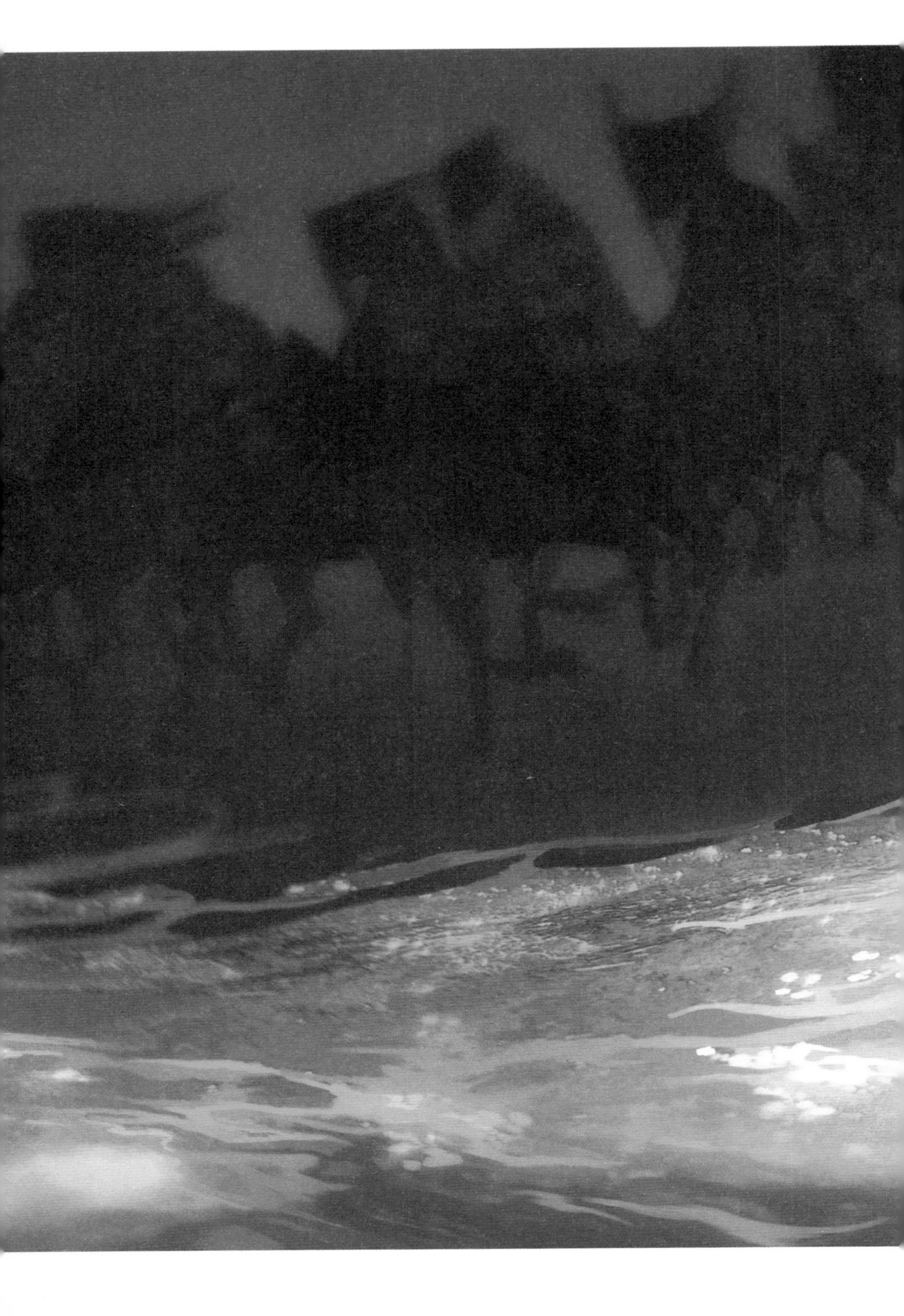

招得几人魂”。

杜甫是诗圣，许多评论家看重他作为儒者“忠君爱国”的一面，说他的诗歌“每饭不忘君”“位卑未敢忘忧国”，这没有错。但杜甫也和我们一样，是芸芸众生中的平凡人。我们不仅能在杜甫的诗歌里发现他对妻子、儿女、兄弟、朋友、人民的爱，还能看到他对周遭动物、植物、山川、河流等一切事物亲切而平易的感情。

杜甫看到鸬鹚站在井台上窥视井里的游鱼，而蚯蚓正爬到堂屋深处去避雨，便写下了：“鸬鹚窥浅井，蚯蚓上深堂。”[4]诗人一般喜欢写飞翔的苍鹰、奔驰的骏马、凶猛的老虎等象征意味很浓的动物，至于蚯蚓这样的小生命，他们不屑于写，也不屑于提到。但万物有灵且美，杜甫从平淡无奇的蚯蚓身上看到了万物的美。

杜甫住在成都草堂，终于有了自己的栖身之所。看到地里的桑与麻在雨露里安静地生长，燕子和麻雀也渐渐在这里安家，杜甫觉得很好。“用拙存吾道，幽居近物情。桑麻深雨露，燕雀半生成。”[5]杜甫的灵魂仿佛钻

# 鎏金银茶碾槽子与碢轴

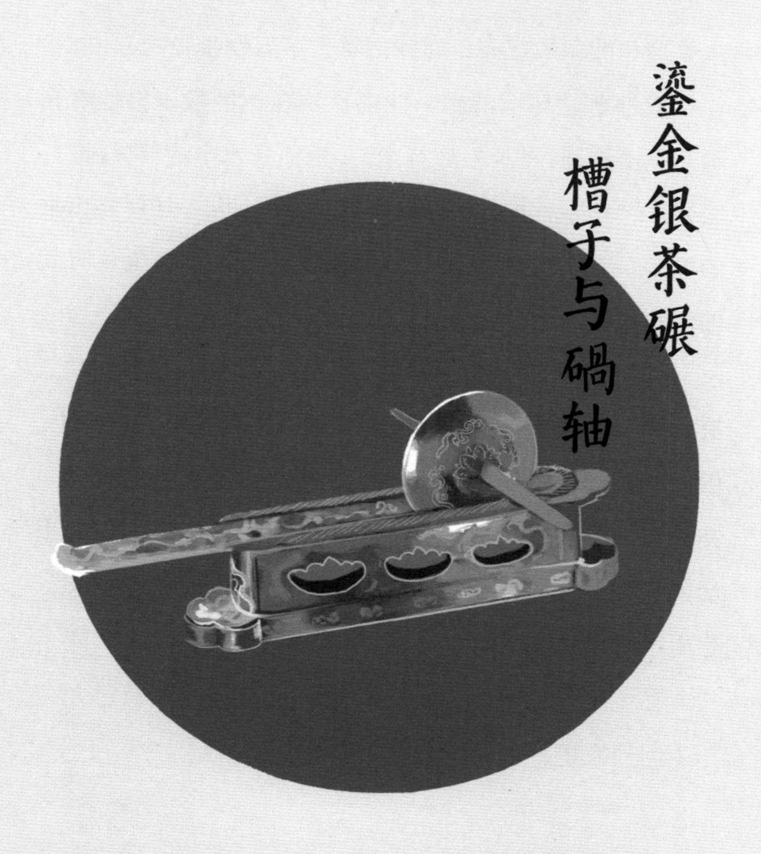

入桑麻和燕雀的躯壳，让我们看到了万物生长的喜悦。

成都草堂环境清幽，杜甫喜欢在周围散步。他看到鸟儿飞落地面，在竹根旁行走，乌龟顶开水中的浮萍游过，写道：“鸟下竹根行，龟开萍叶过。”[6]大自然展现出来的细节，让人感动。我们仿佛也看见一只小乌龟从时间的深水里冒出来，它分开浮萍，向我们游来。

杜甫也写安史之乱等社会重大题材的诗，但他的“三吏三别”、《羌村三首》等，也都聚焦在平凡的小人物身上。因此，我们得以见到巨大灾难下无数黎民百姓的苦难。在这饥寒交迫、妻离子散、朝不保夕的日子里，日常生活的场景并没有断绝，它和真挚淳厚的民间大爱一起，生生不息，长存世间。

在《羌村三首》最后一首里，杜甫描述了自己九死一生回到家里，乡邻携酒慰问他的情景：

群鸡正乱叫，客至鸡斗争。

驱鸡上树木，始闻叩柴荆。

父老四五人，问我久远行。

手中各有携，倾榼浊复清。

莫辞酒味薄，黍地无人耕。

兵革既未息，儿童尽东征。

请为父老歌，艰难愧深情。

歌罢仰天叹，四座泪纵横。

在这充满危机的时代，“黍地无人耕。兵革既未息，儿童尽东征”，父老倾其所有，把最好的酒拿出来招待杜甫，还唯恐他嫌酒味太薄。这种诚恳和淳朴让杜甫感动不已，他因此想要高歌，想要为平凡的小人物立传，“请为父老歌，艰难愧深情”。

在很多时候，诗歌意义重大，似乎总是崇高的，高于生活的，所谓“不学《诗》，无以言”，“悠悠万事，唯此为大”。于是，诗歌是匕首，是投枪，是向黑暗发出的怒吼。而诗歌的写作，还有另一种趋势：它要么曲高和寡，不食人间烟火，即所谓“山水诗”“田园诗”“游仙诗”；要么沦落成阿谀奉承、吹嘘拍马的文字，即所谓“社交诗”“应制诗”。这两者当中，都没有日常生活的位置。

# 鎏金龟形银盒

杜甫的诗歌不属于任何派别，他写国家危难的重大时刻，但我们总能从他的诗歌里看到平凡人的日常生活，看到一个碗、一把椅子、一双筷子……杜甫也写山水田园，但充满烟火气，如此真实，不会让人有出世之感。读杜甫的诗，我们能读出今天的我们在日常生活中所体会到的诸多滋味。那既是日常生活的诗和真，也是对平凡人的礼与赞。他诗中的苍苍茫茫之气，是“大地上的山水”（顾随[7]语）。或者说，他就是大地。

杜甫为什么要不断地书写平凡的面孔、平凡的声音、平凡的生活呢？

也许是因为杜甫经历了安史之乱，那是唐朝最动荡的时代。很多时候，我们理解的诗人是“愤怒出诗人”，“国家不幸诗家幸”。其实当危机要摧毁普通人的世界时，日常生活的美丽不能也不应该被任何暴力轻易抹去。

越是危机的时代，杜甫越是希望通过对日常诗意的书写来告诉我们：人为什么要活着，人存在的意义。

# 欢颜居

1. 出自《自京赴奉先县咏怀五百字》。全诗及白话译文如下：

自京赴奉先县咏怀五百字

**杜甫**

杜陵有布衣，老大意转拙。

许身一何愚，窃比稷与契。

居然成濩落，白首甘契阔。

盖棺事则已，此志常觊豁。

穷年忧黎元，叹息肠内热。

取笑同学翁，浩歌弥激烈。

非无江海志，潇洒送日月。

生逢尧舜君，不忍便永诀。

当今廊庙具，构厦岂云缺？

葵藿倾太阳，物性固难夺。
顾惟蝼蚁辈，但自求其穴。
胡为慕大鲸，辄拟偃溟渤？
以兹悟生理，独耻事干谒。
兀兀遂至今，忍为尘埃没。
终愧巢与由，未能易其节。
沉饮聊自遣，放歌破愁绝。
岁暮百草零，疾风高冈裂。
天衢阴峥嵘，客子中夜发。
霜严衣带断，指直不得结。
凌晨过骊山，御榻在嵽嵲。
蚩尤塞寒空，蹴踏崖谷滑。
瑶池气郁律，羽林相摩戛。
君臣留欢娱，乐动殷胶葛。
赐浴皆长缨，与宴非短褐。
彤庭所分帛，本自寒女出。
鞭挞其夫家，聚敛贡城阙。
圣人筐篚恩，实欲邦国活。
臣如忽至理，君岂弃此物？

多士盈朝廷，仁者宜战栗。

况闻内金盘，尽在卫霍室。

中堂舞神仙，烟雾蒙玉质。

煖客貂鼠裘，悲管逐清瑟。

劝客驼蹄羹，霜橙压香橘。

朱门酒肉臭，路有冻死骨。

荣枯咫尺异，惆怅难再述。

北辕就泾渭，官渡又改辙。

群水从西下，极目高崒兀。

疑是崆峒来，恐触天柱折。

河梁幸未坼，枝撑声窸窣。

行李相攀援，川广不可越。

老妻寄异县，十口隔风雪。

谁能久不顾，庶往共饥渴。

入门闻号咷，幼子饿已卒。

吾宁舍一哀，里巷亦呜咽。

所愧为人父，无食致夭折。

岂知秋禾登，贫窭有仓卒。

生常免租税，名不隶征伐。

抚迹犹酸辛，平人固骚屑。

默思失业徒，因念远戍卒。

忧端齐终南，澒洞不可掇。

在长安杜陵，有一个平民百姓，年纪越大越固执，这就是我。

我给自己立下的志向非常愚蠢，私下将自己比为稷、契。

结果，我变得迂阔无用。可我到老，头发白了，还甘心去奋斗，不肯休息。

除非我死了，这件事才算结束；不然我的志向不会变，一定要拼命去达成。

我一年到头为老百姓发愁，内心像火烧似的焦虑。

同辈的人越是取笑我，我越是激昂无比，引吭高歌，毫不泄气。

我何尝没有隐居的打算，在江海之间轻松地打发时间，岂不潇洒？

可是我碰到像尧舜一样贤明的君王，不忍心马上离开，自己去逍遥。

如今的朝廷上，多的是栋梁之材。要建造大厦，难道还缺少我这样的人才？

可是我的本性就像向日葵永远朝着太阳，又怎能轻易改变？

转头一想，那些蝼蚁之辈，只为了自己的利益，整天钻营。

我为什么要羡慕长鲸，常想在大海里纵横驰骋？

从这里我领悟了人生的道理，只觉得巴结权贵可耻。

就这样忙碌至今，怎甘心埋没在尘埃之中？

没有像许由、巢父那样飘然世外，实在惭愧；虽然惭愧，却不愿改变我的操行。

只好喝几杯酒排遣烦闷，作几首诗放声高唱，排遣忧愤。

一年将尽，百草凋零，狂风怒吼，像要把高山吹垮、吹裂。

长安的街道上阴云密布，我这个孤零零的客子，半夜里离开京城。

严霜酷寒，衣带都被冻得断裂了，手指头冻得僵硬，无法系上腰带。

天刚蒙蒙亮，我走到骊山脚下；骊山高处，那里有皇帝的御榻。

大雾弥漫，充塞寒冷的天空，我攀登结冰铺霜的山路，两步一滑。

华清宫温泉暖气蒸腾，真好像王母的瑶池仙境；羽林军遮天蔽日，驻扎在华清宫的外面。

皇帝和大臣们留在这里非常欢乐、享受；音乐演奏起来非常盛大，声音响彻云霄。

被赐浴温泉的都是些高冠长缨的贵人，参加宴会的，当然不会有布衣麻鞋的百姓。

达官显宦都分到大量的绸帛，那些绸帛都出自贫寒人家妇女的艰苦劳动。

把她们的丈夫及家人鞭打一番，搜刮到这些布匹，再一车车进贡到京城长安，送到皇宫里。

皇帝将聚敛来的锦帛赏赐给群臣，实指望他们感恩图报，救国救民。

这些得到赏赐的臣子如果忽略了这个道理，那当皇帝的，岂不白白浪费了这些财物？

朝廷中有那么多臣子，有良心的听到我这么说，了

解了这个道理，他们的内心应该非常恐惧不安！

更何况皇帝御用的东西，听说都转移到外戚的家里去了。

他们的厅堂中有盛大的歌舞表演，歌伎们非常美，轻烟般的罗衣遮不住玉体的芳香。

有貂鼠皮裘来供客人取暖，激昂响亮的管乐器随着清脆的弦乐器响起来。

招待客人用的是驼蹄羹汤，还有成堆的霜打过的香橙和金橘。

那朱门里，富贵人家的酒、肉多得都放到臭了；外面路上，却有冻饿而死的穷人的尸骨。

山上山下，宫里宫外，相隔短短的距离，却是苦乐不同的两种世界。我心里实在难过而惆怅，很难再说下去了。

我掉转车子，折向北去，来到泾、渭二水交汇的地方。泾、渭合流处的渡口，又改了地方。

我望着河水从西面奔流而下；极目远望，波翻浪涌，像一座一座的高山。

我疑心，这是崆峒山上下来的洪水，恐怕要把撑天的柱子冲折。

河上的桥梁幸好还未冲毁，但已非常危险，发出窸窸窣窣的声音。

人们挽着手过桥，顾不得危险。河水这么宽，真是担心渡不过去。

我在路上，老婆和孩子寄居在奉先，我们全家十口人现在隔着风雪，无法团圆。

哪个人能一直不回家去照顾家人呢？我希望回到家里，和家人同甘共苦。

一进门就听见妻子号啕痛哭的声音，原来我那最小的儿子，已活活饿死！

我怎能压抑住满腔悲痛？邻居们也为我呜咽伤心。

作为父亲，我真的惭愧，竟然没有办法养活孩子，让他无端夭折。

谁能料到，到了秋收季节，我们这样的穷苦人家却还是发生这样的惨事。

我好歹是个官，有不服兵役和不交租纳税的特权。

即使这样，还免不了这样悲惨的遭遇，那平民百姓的痛苦只会更加深重。

想想失去产业的百姓，已经是倾家荡产，再想想远守边防的士兵，还不是缺吃少穿。

我心里的忧思啊，像终南山一样高，像弥漫的水一样大，再也无法收拾。

2.“何日干戈尽，飘飘愧老妻”出自《自阆州领妻子却赴蜀山行三首（其二）》。全诗及白话译文如下：

自阆州领妻子却赴蜀山行三首（其二）

**杜甫**

长林偃风色，回复意犹迷。

衫裛翠微润，马衔青草嘶。

栈悬斜避石，桥断却寻溪。

何日干戈尽，飘飘愧老妻。

疾风吹着高大的树林；想回去，又感到迷茫。

衣衫被山岚打湿；马吃着青草，一路嘶鸣。

悬空的栈道上，为了避开突起的岩石倾斜着前行。桥断了，只得寻找水浅处涉过溪水。

战争什么时候才能结束，漂泊如我，愧对我的老妻。

3.“近有平阴信，遥怜舍弟存”出自《得弟消息二首》。全诗及白话译文如下：

得弟消息二首

**杜甫**

近有平阴信，遥怜舍弟存。

侧身千里道，寄食一家村。

烽举新酣战，啼垂旧血痕。

不知临老日，招得几人魂。

汝懦归无计，吾衰往未期。

浪传乌鹊喜，深负鹡鸰诗。

生理何颜面，忧端且岁时。

两京三十口，虽在命如丝。

近来收到一封从平阴来的信，知道我弟弟还活着，我心甚慰。

为了躲避贼寇，他逃到千里之外，寄住在平阴县一个荒僻的乡村。

战争没有停止，反而更加激烈；旧的血泪痕迹还没有干，又垂下新的眼泪。

不知道等到我死去的那一天，还可以招回几个人的魂魄。

你生性懦弱，想要回来，没有办法；我年老力衰，要到你那里去，也遥遥无期。

乌鹊报喜，只是空欢喜一场；我为兄弟身处危难之中而着急，却毫无办法，辜负了兄弟之情。

生计窘迫，我心中羞愧难言；一年到头，我无时无刻不忧愁。

我们两家一共三十口人分住在东京、西京，虽然都在，但也命如悬丝，危在旦夕。

4.“鸬鹚窥浅井，蚯蚓上深堂。”出自《秦州杂诗二十首（其十七）》。全诗及白话译文如下：

秦州杂诗二十首（其十七）

**杜甫**

边秋阴易久，不复辨晨光。

檐雨乱淋幔，山云低度墙。

鸬鹚窥浅井，蚯蚓上深堂。

车马何萧索，门前百草长。

一到秋季，边地一天到晚都被阴云笼罩，难以辨别这是早晨还是晚上。

阴雨连绵，屋檐前的布幔已被淋湿；山中云层很低，似乎可以碰到屋墙。

鸬鹚为了捕鱼而窥视着浅浅的水井，蚯蚓为了避湿爬进了深深的厅堂。

没有车马来访，很是萧条冷落；门前，各种杂草疯狂地生长。

5.“用拙存吾道，幽居近物情。桑麻深雨露，燕雀半生成。”出自《屏迹三首（其一）》。全诗及白话译文如下：

屏迹三首（其一）

**杜甫**

用拙存吾道，幽居近物情。

桑麻深雨露，燕雀半生成。

村鼓时时急，渔舟个个轻。

杖藜从白首，心迹喜双清。

我用笨拙的方法保持我的“道”，我幽居在这里，和这里的事物有着感情。

地里的桑与麻都在雨露里安静地生长，燕子和麻雀也在这里出生、长大。

村里社鼓的声音，常常急促而有力；水面上的渔舟，每一个都很轻盈。

我头发白了，拄杖而行。我欣喜，我的心和我的一举一动都一样高洁，没有尘俗之气。

6.“鸟下竹根行，龟开萍叶过。”出自《屏迹三首（其三）》。全诗及白话译文如下：

屏迹三首（其三）

**杜甫**

衰颜甘屏迹，幽事供高卧。

鸟下竹根行，龟开萍叶过。

年荒酒价乏，日并园蔬课。

犹酌甘泉歌，歌长击樽破。

容颜衰朽的我甘愿避匿我的行踪，做一些安静的事情，只为了让自己悠闲地躺卧。

鸟儿飞落在地上，在竹根旁边行走；乌龟顶开浮萍，游过水面。

年景不好，原来的酒钱已经不够用了；我只能并日而食（两天吃一天的饭），省下经营园蔬得来的收入，用以买酒。

没有酒，我喝着甘泉，边唱歌，边击打酒樽。由于唱得太久，酒樽已被我敲破。

7. 顾随（1897—1960），本名顾宝随，字羡季，笔名苦水，别号驼庵。是周汝昌、叶嘉莹、欧阳中石等名家的老师。理论批评家，美学鉴赏家，文化学术研著专家。

为你读诗
THE POEM FOR YOU

# 第八章 仁爱：无情时代的有情世界

见多了无情和丑恶的事情，我们会变得悲观，甚至绝望。我们不禁想起杜甫，这个亲历过安史之乱的人是否比我们更悲观、更绝望？就像他诗里写的：“眼枯即见骨，天地终无情！”[1]

然而没有。仍有一个有情世界，坚定地屹立在杜甫内心深处，不可动摇，不可移转。当许多人高喊“世界，我不相信”时，杜甫仍然选择对一个光明的世界保持“相信”，“四更山吐月，残夜水明楼”。因此，我们在杜甫的诗歌里，更多感受到的，仍然是温暖、美好和善良。它们照彻广袤无边的黑暗，让无力者有力，让悲观者前行，给绝望者勇气。

安史之乱爆发后第三年，乾元元年（公元 758 年）六月，杜甫被贬为华州司功参军。这年冬天，他回了一趟刚被收复的洛阳。次年，在动乱中他与多年不见的老友卫八处士相聚，生出许多人生的感慨：

人生不相见，动如参与商。
今夕复何夕，共此灯烛光。
少壮能几时，鬓发各已苍。
访旧半为鬼，惊呼热中肠。
焉知二十载，重上君子堂。
昔别君未婚，儿女忽成行。
怡然敬父执，问我来何方。
问答乃未已，驱儿罗酒浆。
夜雨剪春韭，新炊间黄粱。
主称会面难，一举累十觞。
十觞亦不醉，感子故意长。
明日隔山岳，世事两茫茫。

人生有多少相见的时刻？两个人就像天上的参星和商星，远远望着，不得重聚。二十年时间不算短，再一

# 三彩塔式罐

次相见，却已是二十年后了。

“今天是什么日子啊，我们能欢聚一堂，共此烛光之夜！我们都不再年轻了，都白发苍苍；互相询问亲朋故旧的下落，竟有一半已不在人间。我们都不由得失声惊呼，心里火辣辣地难受。”

“当年分别时，你还没结婚。如今再来，你都儿女成行了。你的孩子知道这是父亲的朋友，亲切而有礼貌地迎接我，围着我问我从何处来。你打断了我和孩子们的问答，催促孩子们去备酒做饭。你倾其所有，准备酒饭，冒着夜雨去割春天的韭菜，端出来刚煮好的、冒着浓郁香味的黄米饭。你说见一面不容易，一举杯就喝了很多酒。喝多少杯酒，我也不醉，我感受到你对故友的情深意长。今晚就好好共饮吧，明天你我又要分别，被山岳阻隔，从此你我前路两茫茫！”

以上这首诗叫《赠卫八处士》，和杜甫的很多诗一样，读者经历越多，便能从中生出越强烈的感慨。有可能因为年龄的增长，越来越多的人永远离开了我们；也有可

能是一次危机，剥夺了我们最爱的人的生命。“访旧半为鬼，惊呼热中肠。”学习接受死亡，仿佛成了人成长过程中的一门必修课。

死和逝去的青春一样，都令人悲哀，无法忘却。但友人的情谊，和那晚的烛光一起，冲淡了世事茫茫的凄婉。一夜短暂的相聚，虽然前后都是苍茫未知的命运，杜甫的内心却始终温暖，因为还有像卫八处士这样的朋友惦记着他。

杜甫也总是惦记着他人，哪怕是那些看似最微不足道的人。

公元 767 年，也就是杜甫漂泊到四川夔州的第二年，他住在一所草堂里。草堂前有几棵枣树，西邻的一个寡妇常来打枣，杜甫从不干涉。

后来，杜甫搬到离草堂十多里外的地方去住，把草堂让给了一位姓吴的亲戚，也就是诗歌里提到的“吴郎”。不料这吴姓亲戚一来，就在院子周围插上篱笆，禁止外人打枣。寡妇向杜甫诉苦，杜甫便写诗劝告吴郎。

# 彩绘猪首人身俑

以前杜甫写过一首给吴郎的诗，所以此诗题作《又呈吴郎》[2]。学者萧涤非评价说：吴郎的年辈要比杜甫小，杜甫不说“又简吴郎”，而有意地用了“呈”这个似乎和对方身份不大相称的敬辞，这是让吴郎易于接受。

堂前扑枣任西邻，无食无儿一妇人。
不为困穷宁有此？只缘恐惧转须亲。
即防远客虽多事，便插疏篱却甚真。
已诉征求贫到骨，正思戎马泪盈巾。

杜甫对人的同情发自肺腑。他委婉地劝导吴郎：“这个打枣的女人是一个无食无儿的妇人啊！如果不是因为贫困，她怎会如此呢？正因为她心中害怕，更该对她表示友好和亲近啊。我在草堂的时候，听她讲述官府横征暴敛，她已经一贫如洗。想到战乱带给这些穷人的苦难，我不由得热泪沾满巾裳。”

不仅对妇人，杜甫对吴郎也抱着一颗仁爱之心。对于吴郎的行为，他不是训斥的，而是像一个兄长一样语重心长。

他对吴郎说："那寡妇看到你插篱笆，以为你要禁止她打枣，其实这是她多心和神经过敏了。但你一搬进草堂就忙着插篱笆，好像真的要禁止她打枣子一样，也难怪她多心了。"杜甫一方面为吴郎的行为开脱，另一方面又讲出了妇人的不易，他委婉地道出了要与人为善的道理。

杜甫的仁并非止于这一层面。"已诉征求贫到骨，正思戎马泪盈巾。"面对妇人的哭诉，由一件打枣的小事，杜甫想到的是一个充满危机的时代。社会动荡，战事连连，老百姓流离失所，民不聊生。处在水深火热之中的，不只这个"无食无儿"的妇人，还有无数像她一样甚至不如她的可怜人。想到此，杜甫泪流满面。

杜甫希望吴郎能站得高一点，看得远一点，想得开一点。相比时代的阵痛，一点枣子又算什么呢？因为仁爱，寡妇能有枣子打，吴郎有草堂可以借住，而杜甫也总能在各地漂泊中得到朋友和陌生人的善待。因为仁爱，寡妇、

# 鎏金仙人驾鹤纹壶门座茶罗子

吴郎、杜甫，乃至所有人，才连接成一个整体。

杜甫据说是因饥饿过度暴食而死，也极有可能是病死的。他的结局悲惨，但留给我们的，是一个爱的背影。为什么千年之后，我们在读杜甫的诗歌时，依然感动流泪？因为我们被一颗仁心打动，我们也渴望创造爱，奉献爱；我们希望给这无常的人世增添一点暖意。

我们和杜甫的时代相距遥远，但如今的现实世界里，仍然和杜甫的时代一样，缺乏爱，缺乏沟通和理解。国家与国家之间，种族与种族之间，阶层与阶层之间，个人与个人之间，因为隔阂和不信任，仍然时时发生种种悲剧性的事件。

就像鲁迅说的，无穷的远方，无数的人们，都与他有关。无穷的远方，无数的人们，也都与杜甫有关，与你我有关。愿我们与这天地万物一起，同沐在仁爱的阳光之下。愿我们也给这无常人世，留下一个爱的背影。

# 欢颜居

1.“眼枯即见骨，天地终无情！”出自《新安吏》。全诗及白话译文如下：

新安吏

**杜甫**

客行新安道，喧呼闻点兵。

借问新安吏：县小更无丁？

府帖昨夜下，次选中男行。

中男绝短小，何以守王城？

肥男有母送，瘦男独伶俜。

白水暮东流，青山犹哭声。

莫自使眼枯，收汝泪纵横。

眼枯即见骨，天地终无情！

我军取相州，日夕望其平。

岂意贼难料，归军星散营。

就粮近故垒，练卒依旧京。

掘壕不到水，牧马役亦轻。

况乃王师顺，抚养甚分明。

送行勿泣血，仆射如父兄。

我走在新安县的道路上，听到人声喧哗，原来是官吏在点名征兵。

我问新安县的官吏："新安县虽然是个小县，难道就没有兵丁了吗？"

官吏回答说："昨夜府里已有军书命令下达，说现在成丁已没有了，只好依次把年龄更小的、十八岁的中男也征召进来。"

我说："你看看这些被征召的中男，长得都很矮小，怎么能让他们去守卫王城洛阳呢？"

这些中男，长得肥一点的，被征召还有母亲相送；那些非常瘦弱的，只有孤孤单单一个人，无人陪送。

黄昏时，大河东流而去，青山下仿佛还回荡着送行者的哭声。

“你们不要哭了，哭得眼泪都干了。赶紧把纵横的眼泪收起来。

“即便你们的眼泪哭干了，哭到骨头都显出来，也留不住自己的孩子，天地终究是无情的啊！

“我们的官军进攻相州，本来希望很快就可以平定叛军。

“哪里知道贼人很难预料，我们的军队像星星一样溃散了。

“现在，被征召的人不缺粮食，粮草就在旧的军营里；他们也不是马上上前线，而是在洛阳那边整编、训练。

“挖掘壕沟，不必挖得看见水；放牧军马的工作，也还算轻松。

“何况正义之师讨伐叛军名正言顺，爱护教养士卒非常分明。

“你们送行，不必那么伤心难过；主帅对待士卒，好像父兄对待子弟一样。”

2.《又呈吴郎》全诗及白话译文如下：

又呈吴郎

**杜甫**

堂前扑枣任西邻，无食无儿一妇人。

不为困穷宁有此？只缘恐惧转须亲。

即防远客虽多事，便插疏篱却甚真。

已诉征求贫到骨，正思戎马泪盈巾。

我向来是任凭西邻到堂前打枣，从不阻拦的；那是一个无食无儿的妇人啊。

若不是因为穷困，她怎会做这样的事？只因为她心里恐惧，所以更该对她表示亲近。

她防备你这位新来的远客，不敢打枣；虽然她是多心，但你一来就插上篱笆，她未免就当真了。

她平时诉说官府横征暴敛，已经一贫如洗；想起战乱带给这些穷人的苦难，我不禁涕泪满巾。

**图书在版编目（CIP）数据**

谁当凌绝顶，杜甫与我 / 为你读诗主编；湘人彭二著；符殊绘；朱卫东朗诵. -- 长沙：湖南文艺出版社，2023.12

ISBN 978-7-5726-1500-9

Ⅰ. ①谁… Ⅱ. ①为… ②湘… ③符… ④朱… Ⅲ. ①散文集－中国－当代 Ⅳ. ① I267

中国国家版本馆 CIP 数据核字（2023）第 212946 号

**上架建议：畅销·文学**

SHUI DANG LING JUEDING, DU FU YU WO

**谁当凌绝顶，杜甫与我**

主　　编：为你读诗
著　　者：湘人彭二
绘　　者：符　殊
朗 诵 者：朱卫东
出 版 人：陈新文
责任编辑：张子霏
监　　制：邢越超
出 品 人：潘杰客　张　炫
特约策划：张　攀　娄　澜
特约编辑：张春萌
营销编辑：李美怡
封面设计：末末美书
版式设计：潘雪琴
出　　版：湖南文艺出版社
（长沙市雨花区东二环一段 508 号　邮编：410014）
网　　址：www.hnwy.net
印　　刷：天津联城印刷有限公司
经　　销：新华书店
开　　本：875 mm × 1230 mm　1/32
字　　数：116 千字
印　　张：8
版　　次：2023 年 12 月第 1 版
印　　次：2023 年 12 月第 1 次印刷
书　　号：ISBN 978-7-5726-1500-9
定　　价：59.80 元

若有质量问题，请致电质量监督电话：010-59096394
团购电话：010-59320018